編者的話

　　英語能力檢定測驗，在國內已漸趨成熟，其中初級、中級及中高級檢定，每年參加測驗的人數越來越多，中級檢定及中高級檢定，甚至已經分別成為多所大學申請入學及畢業門檻的必備條件之一，由此可見，「**全民英語能力檢定測驗**」，已逐漸成為一項英文實力的重要依據。

　　「中高級英語能力檢定測驗」中，閱讀能力測驗總共50題，其中段落填空，也就是所謂的「克漏字」測驗，就佔了15題。克漏字測驗向來是考生最頭痛的一大題，因為屬於綜合題型，出題方向包括文意、組織、文法概念等，考生不容易掌握要點。為此，學習出版公司特別推出「**中高級英語克漏字測驗**」，精心設計 **50** 回克漏字測驗，提供讀者充分的練習機會，所有題目均有詳盡的中譯、解題要領及單字註解，讀者只要熟讀本書，就不必再害怕克漏字考題了。本書也適用於報考**大學轉學考試、研究所、托福**或 TOEIC 考試的考生。

　　感謝讀者給我們很大的鼓勵，編輯好書，是「學習」一貫的宗旨，我們的目標是：**學英文的書**，「**學習**」都有；「**學習**」**出版，天天進步**，我們會繼續不斷地努力，朝此目標前進。讀者若需要任何學習英文的書，都歡迎您提供意見給我們，也盼望讀者們不吝給予我們批評指教。

劉 毅

全民英語能力分級檢定測驗簡介

　　「全民英語能力分級檢定測驗」（General English Proficiency Test），簡稱「全民英檢」（GEPT）旨在提供我國各階段英語學習者一公平、可靠、具效度之英語能力評量工具，測驗對象包括在校學生及一般社會人士，可做為學習成果檢定、教學改進及公民營機構甄選人才等之參考。

「全民英語能力檢定分級測驗」各級綜合能力說明

級數	綜　合　能　力	備　　　　　　註	
初級	通過初級測驗者具有基礎英語能力，能理解和使用淺易日常用語，英語能力相當於國中畢業者。	建議下列人員宜具有該級英語能力	一般行政助理、維修技術人員、百貨業、餐飲業、旅館業或觀光景點服務人員、計程車駕駛等。
中級	通過中級測驗者具有使用簡單英語進行日常生活溝通的能力，英語能力相當於高中職畢業者。		一般行政、業務、技術、銷售人員、護理人員、旅館、飯店接待人員、總機人員、警政人員、旅遊從業人員等。
中高級	通過中高級測驗者英語能力逐漸成熟，應用的領域擴大，雖有錯誤，但無礙溝通，英語能力相當於大學非英語主修系所畢業者。		商務、企劃人員、祕書、工程師、研究助理、空服人員、航空機師、航管人員、海關人員、導遊、外事警政人員、新聞從業人員、資訊管理人員等。
高級	通過高級測驗者英語流利順暢，僅有少許錯誤，應用能力擴及學術或專業領域，英語能力相當於國內大學英語主修系所或曾赴英語系國家大學或研究所進修並取得學位者。	建議下列人員宜具有該級英語能力	高級商務人員、協商談判人員、英語教學人員、研究人員、翻譯人員、外交人員、國際新聞從業人員等。
優級	通過優級測驗者的英語能力接近受過高等教育之母語人士，各種場合均能使用適當策略作最有效的溝通。		專業翻譯人員、國際新聞特派人員、外交官員、協商談判主談人員等。

「全民英語能力檢定分級測驗」各級分項能力説明

能力級數	聽	讀	説	寫
初級	能聽懂與日常生活相關的淺易談話,包括價格、時間及地點等。	可看懂與日常生活相關的淺易英文,並能閱讀路標、交通標誌、招牌、簡單菜單、時刻表及賀卡等。	能朗讀簡易文章、簡單地自我介紹,對熟悉的話題能以簡易英語對答,如問候、購物、問路等。	能寫簡單的句子及段落,如寫明信片、便條、賀卡及填表格等。對一般日常生活相關的事物,能以簡短的文字敘述或說明。
中級	在日常生活情境中,能聽懂一般的會話;能大致聽懂公共場所廣播、氣象報告及廣告等。在工作情境中,能聽懂簡易的產品介紹與操作說明。能大致聽懂外籍人士的談話及詢問。	在日常生活情境中,能閱讀短文、故事、私人信件、廣告、傳單、簡介及使用說明等。在工作情境中,能閱讀工作須知、公告、操作手冊、例行的文件、傳真、電報等。	在日常生活情境中,能以簡易英語交談或描述一般事物,介紹自己的生活作息、工作、家庭、經歷等,並可對一般話題陳述看法。在工作情境中,能進行簡單的詢答,並與外籍人士交談溝通。	能寫簡單的書信、故事及心得等。對於熟悉且與個人經歷相關的主題,能以簡易的文字表達。
中高級	在日常生活情境中,能聽懂社交談話,並能大致聽懂一般的演講、報導及節目等。在工作情境中,能聽懂簡報、討論、產品介紹及操作說明等。	在日常生活情境中,能閱讀書信、說明書及報章雜誌等。在工作情境中,能閱讀一般文件、摘要、會議紀錄及報告等。	在日常生活情境中,對與個人興趣相關的話題,能流暢地表達意見及看法。在工作情境中,能接待外籍人士、介紹工作內容、洽談業務、在會議中發言,並能做簡報。	能寫一般的工作報告及書信等。除日常生活相關主題外,與工作相關的事物、時事及較複雜或抽象的概念皆能適當表達。
高級	在日常生活情境中,能聽懂各類主題的談話、辯論、演講、報導及節目等。在工作情境中,參與業務會議或談判時,能聽懂報告及討論的內容。	能閱讀各類不同主題、體裁的文章,包括報章雜誌、文學作品、專業期刊、學術著作及文獻等。	對於各類主題皆能流暢地表達看法、參與討論,能在一般會議或專業研討會中報告或發表意見等。	能寫一般及專業性摘要、報告、論文、新聞報導等,可翻譯一般書籍及新聞等。對各類主題均能表達自法,並作深入探討。
優級	能聽懂各類主題及體裁的內容,理解程度與受過高等教育之母語人士相當。	能閱讀各類不同主題、體裁文章。閱讀速度及理解程度與受過高等教育之母語人士相當。	能在各種不同場合以正確流利之英語表達看法;能適切引用文化知識及慣用語詞。	能撰寫不同性質的文章,如企劃報告、專業/學術性摘要、論文、新聞報導及時事評論等。對於各類主題均能有效完整地闡述並作深入探討。

全民英檢中高級測驗

● 檢測程度

　　中高級英語能力逐漸成熟，應用領域擴大，雖有錯誤，但無礙溝通，相當於大學非英語主修系所畢業。

※ 通過中高級檢定者的英語能力

聽	説	讀	寫
能聽懂一般社交及一般工作場合所使用之英語。	能使用英語在一般社交及一般工作場合表達自己的意見及看法。	能閱讀各類文章及工作所需的文件。	能以英文書寫一般性的摘要、工作報告及書信。

● 測驗內容及成績計算

※ 測驗內容： 初試：聽力及閱讀能力測驗

複試：寫作及口說能力測驗

	初　　試		複　　試	
測驗項目	聽力測驗	閱讀能力測驗	寫作能力測驗	口說能力測驗
總 題 數	45	50	2	10
作答時間 / 分鐘	約 35	50	50	約 20
測驗內容	問　答 簡短對話 簡短談話	詞彙和結構 段落填空 閱讀理解	中譯英 引導寫作	回答問題 看圖敘述 申述題

※ 成績計算及通過標準

1. 聽力及閱讀能力測驗成績採標準計分方式，60 分爲平均數，滿分 120 分。
   寫作及口說能力測驗成績採整體式評分，使用分級制，分爲 0～5 級分，
   再轉換成百分制。各項成績通過標準如下：

初　　試	通過標準 / 滿分	複　　試	通過標準 / 滿分
聽力測驗	80 / 120 分	寫作能力測驗	80 / 100 分
閱讀能力測驗	80 / 120 分	口說能力測驗	80 / 100 分

2. 凡應考且合乎規定者一律發給成績單。初試及複試各項測驗成績通過
   者，發給合格證書，本測驗成績紀錄保存兩年。

3. 初試通過者，可於一年內單獨報考複試，得重複報考。惟複試一旦通過，
   即不得再報考。

4. 已通過本英檢測驗中高級或中高級以上者，一年內不得再報考同級數或
   較低級數之測驗。違反本規定報考者，其應試資格將被取消，且不退費。

製作過程

　　本書試題完全取材自各大學轉學考入學試題，與中高級英語檢定出題來源相同，精確地掌握克漏字出題方向及題型。本書的出版，實為全體工作同仁之心血結晶。全書由蔡琇瑩老師擔任總指揮，並且經過本公司美國語言專家 Laura E. Stewart 的再三審慎校閱，張家慈小姐認真仔細地幫助核對所有單字及音標，黃淑貞小姐、蘇淑玲小姐，負責打字排版，另外還有白雪嬌小姐，為本書設計了美麗的扉頁以及封面，感謝大家所付出的辛勞。

中高級英語克漏字測驗

HIGH-INTERMEDIATE LEVEL
ENGLISH CLOZE TEST

TEST 1

Read the following passage, and choose the best answer for each blank from the list below.

In order to be considered a hero by his own and subsequent generations, a person must display ____1____ physical or intellectual powers. The physical hero—one who exhibits great strength in ____2____ monumental obstacles and emerges a victor—is found frequently in literature. Samson, ____3____ chained and bound, used his superhuman strength to destroy his enemies, the Philistines. ____4____, Dwight Eisenhower, a ____5____ contemporary physical hero, surmounted overwhelming ____6____ to organize the successful Allied invasion of "Fortress Europe" ____7____ World War II. A second ____8____ type is the intellectual, ____9____ for his mental prowess and the way he uses it for the benefit of mankind. Albert Einstein, who not only made far-reaching contributions in the physical sciences, but also worked diligently towards achieving world peace, illustrates the ____10____ hero.

1. (A) ordinary   (B) average
   (C) awkward   (D) extraordinary

2. (A) becoming   (B) overthrowing
   (C) overcoming   (D) overturning

3. (A) in spite of   (B) although
   (C) because   (D) if

4. (A) Likewise   (B) For example
   (C) As far as   (D) In fact

5. (A) much   (B) now
   (C) more   (D) less

6. (A) even   (B) odds
   (C) chance   (D) difficult

7. (A) against   (B) at
   (C) during   (D) for

8. (A) heroic   (B) holy
   (C) physical   (D) personality

9. (A) admiring   (B) admired
   (C) admiration   (D) admire

10. (A) historical   (B) heroic
    (C) intellectual   (D) physical

TEST 1 詳解

　　爲了要被同時代或是後代的人認定是英雄，一個人必須要有超凡的體力或智力。在文學上，常可看到一些體力方面的英雄，發揮極大的力量，克服巨大的障礙，而成爲勝利者。山森儘管被鎖鏈綑綁住，他仍能發揮超人的力量，來殲滅他的敵人——非力士人。同樣地，戴特‧艾森豪是一位更現代的體力方面的英雄，在第二次世界大戰期間，他克服非常的劣勢，成功地策劃了盟軍入侵「歐洲堡壘」的活動。第二類英雄是智力方面的英雄，以其心智方面非凡的才能，以及能善用此才能來增進人類利益，而受人尊敬。亞伯特‧愛因斯坦，不僅在物理科學上有遠大的貢獻，而且也致力於促進世界和平，這就是智力方面的英雄的最佳例證。

** subsequent〔'sʌbsɪ͵kwɛnt〕*adj.* 後來的
generation〔͵dʒɛnə'reʃən〕*n.* 世代
display〔dɪ'sple〕*v.* 展現 (= *show*)
physical〔'fɪzɪkl̩〕*adj.* 體力的
intellectual〔͵ɪntl̩'ɛktʃuəl〕*adj.* 智力的
exhibit〔ɪg'zɪbɪt〕*v.* 表現 (= *show*)
monumental〔͵manjə'mɛntl̩〕*adj.* 巨大的
obstacle〔'abstəkl̩〕*n.* 障礙　　emerge〔ɪ'mɝdʒ〕*v.* 出現
victor〔'vɪktɚ〕*n.* 勝利者　　chain〔tʃen〕*v.* 鍊住
bind〔baɪnd〕*v.* 綁住；束縛 (三態變化爲：bind-bound-bound)
contemporary〔kən'tɛmpə͵rɛrɪ〕*adj.* 現代的
surmount〔sɚ'maunt〕*v.* 勝過；克服
overwhelming〔͵ovɚ'hwɛlmɪŋ〕*adj.* 壓倒性的

Allied〔ə'laɪd〕*adj.* 同盟國的
organize〔'ɔrgən͵aɪz〕*v.* 組織；策劃
invasion〔ɪn'veʒən〕*n.* 入侵
fortress〔'fɔrtrɪs〕*n.* 堡壘　　prowess〔'prauɪs〕*n.* 才能
benefit〔'bɛnəfɪt〕*n.* 利益；助益
far-reaching〔'fɑr'ritʃɪŋ〕*adj.* 深遠的
contribution〔͵kɑntrə'bjuʃən〕*n.* 貢獻
illustrate〔'ɪləstret〕*v.* 舉例說明

1. (**D**)　(A) ordinary〔'ɔrdṇ͵ɛrɪ〕*adj.* 普通的；平凡的
　　　　　(B) average〔'ævərɪdʒ〕*adj.* 平均的；一般的
　　　　　(C) awkward〔'ɔkwəd〕*adj.* 笨拙的
　　　　　(D) *extraordinary*〔ɪk'strɔrdṇ͵ɛrɪ〕*adj.* 非凡的

2. (**C**)　(B) overthrow〔͵ovə'θro〕*v.* 推翻
　　　　　(C) *overcome*〔͵ovə'kʌm〕*v.* 克服
　　　　　(D) overturn〔͵ovə't͡ɜn〕*v.* 使傾覆；推翻

3. (**B**)　此處原為 *although* he was chained and bound，省略 he
　　　　　was 而成分詞構句，故選 (B)。(A) in spite of 為介系詞用
　　　　　法，(C) 因為，(D) 如果，均不合。

4. (**A**)　(A) *likewise*〔'laɪk͵waɪz〕*adv.* 同樣地
　　　　　(B) 例如　　(C) as far as 就～而論　　(D) 事實上

5. (**C**)　依句意，艾森豪是「更」現代的英雄例子，選 (C) *more*。

6. (**B**)　(B) **odds** 〔ɑdz〕 *n. pl.* 勝算，在此指 odds against him，
指盟軍原本處於劣勢。(A) even　勢均力敵的，(C) 機會，
無此含意，(D) difficult　應用名詞，均不合。

7. (**C**)　表示「在二次大戰期間」，介系詞用 **during**，選 (C)。

8. (**A**)　(A) **heroic** 〔hɪˈroɪk〕 *adj.* 英雄的
　　　　(B) holy 〔ˈholɪ〕 *adj.* 神聖的
　　　　(C) 身體的
　　　　(D) personality 〔ˌpɝsn̩ˈælətɪ〕 *n.* 人格

9. (**B**)　此處是由…, who is **admired** for …省略 who is 而來，故
選 (B)。admire 〔ədˈmaɪr〕 *v.* 讚賞；景仰
　　　　(C) admiration 〔ˌædməˈreʃən〕 *n.* 讚賞；景仰

10. (**C**)　(A) historical 〔hɪsˈtorɪkl̩〕 *adj.* 歷史的
　　　　(B) 英雄的　　(C) 智力的　　(D) 身體的

【劉毅老師的話】

　　看到四個選項意思不同時，表示
這個題目考**句意**，無法直接知道答案
時，可一個一個帶入文章中比較，或
用消去法。

TEST 2

Read the following passage, and choose the best answer for each blank from the list below.

Doctors are always looking for new ways to make people healthy, and their work is never done. Sometimes they are successful, but sometimes they ____1____. In recent years, they have done very much for couples who are not able to have children the natural way. One new idea is to use a surrogate mother. It works this way: the husband's sperm is ____2____ in the egg of a woman who is not his wife. This woman agrees to be the ____3____ mother only for the period of ____4____.

Before this is done, there is much discussion. When decisions are made, a lawyer writes up a ____5____ that everyone must sign. In this deal, the husband and the pregnant woman are the ____6____ parents of the new baby. The surrogate mother agrees to give the new baby, at birth, to the couple to keep. ____7____, the couple pays all medical expenses plus an agreed-upon sum to this woman.

Many ____8____ couples have a strong wish to become parents but do not want to ____9____ a baby, now that they can use a surrogate mother. On the other hand, many other couples would never do this. ____10____ on this subject have already started and will surely continue for a long time.

1. (A) excel   (B) advertise
   (C) fail   (D) flourish

2. (A) imprisoned   (B) implanted
   (C) imposed   (D) implemented

3. (A) substitute   (B) adoptive
   (C) permanent   (D) transplanted

4. (A) research   (B) birth
   (C) agreement   (D) pregnancy

5. (A) contract   (B) commitment
   (C) conduct   (D) conviction

6. (A) lawful   (B) biological
   (C) physical   (D) substantial

7. (A) In addition to   (B) In conclusion
   (C) In return   (D) In contrast

8. (A) defective   (B) childless
   (C) suffered   (D) double-income

9. (A) raise   (B) bear
   (C) accept   (D) adopt

10. (A) Battles   (B) Scientists
    (C) Debates   (D) Pains

TEST 2 詳解

　　醫生總是在尋找新方法，使人們活得更健康，而他們的工作永遠未完成。他們有時成功，但有時失敗。近年來，他們為無法自然生育的夫婦，作了很多事。其中一個新構想就是代理孕母。這個想法是這樣的：將丈夫的精子，放入一個不是他妻子的卵子中，而這個女人同意只在懷孕這段期間當代理孕母。

　　在這個構想被實現之前，有很長的討論。一旦決定，律師就會寫下一個契約，大家都要簽名。在這個交易裡，丈夫與懷孕的女人是嬰兒的生父母。代理孕母同意，這個嬰兒一出生便交給這對夫婦撫養。這對夫婦則負擔所有的醫藥費，並付一筆雙方同意的金額給這個女人，做為回報。

　　許多沒有小孩的夫婦都很想當父母，卻又不想領養小孩，現在他們可以利用代理孕母的方式。另一方面，也有很多夫婦不願意這樣做。這個話題已引起爭論，而且還會長久持續下去。

** surrogate〔'sɝəgɪt〕n. 代理人
　　sperm〔spɝm〕n. 精子　　egg〔ɛg〕n. 卵子
　　decision〔dɪ'sɪʒən〕n. 決定　　*write up* 詳細記載
　　sign〔saɪn〕v. 簽名　　deal〔dil〕n. 交易
　　pregnant〔'prɛgnənt〕adj. 懷孕的
　　expense〔ɪk'spɛns〕n. 費用　　plus〔plʌs〕prep. 加上
　　agreed-upon〔ə'grid,pɑn〕adj. 雙方同意的
　　sum〔sʌm〕n. 總計；一筆金額

1. (**C**) 依句意，有時成功，有時「失敗」，選 (C) *fail*。

    (A) excel〔ɪk'sɛl〕*v.* 優越；勝過

    (B) advertise〔'ædvɚ͵taɪz〕*v.* 廣告

    (D) flourish〔'flɝɪʃ〕*v.* 興盛

2. (**B**) (A) imprison〔ɪm'prɪzn̩〕*v.* 使監禁

    (B) ***implant***〔ɪm'plænt〕*v.* 移入；注入

    (C) impose〔ɪm'poz〕*v.* 強加

    (D) implement〔'ɪmplə͵mɛnt〕*v.* 實行

3. (**A**) (A) ***substitute***〔'sʌbstə͵tjut〕*n.* 代理人

    (B) adoptive〔ə'dɑptɪv〕*adj.* 領養的

        adoptive mother 養母

    (C) permanent〔'pɝmənənt〕*adj.* 永久的

    (D) transplant〔træns'plænt〕*v.* 移植

4. (**D**) (A) 研究   (B) 出生

    (C) agreement〔ə'grimənt〕*n.* 同意

    (D) ***pregnancy***〔'prɛgnənsɪ〕*n.* 懷孕期

5. (**A**) (A) ***contract***〔'kɑntrækt〕*n.* 契約

    (B) commitment〔kə'mɪtmənt〕*n.* 委託；承諾

    (C) conduct〔'kɑndʌkt〕*n.* 行為

    (D) conviction〔kən'vɪkʃən〕*n.* 信念

6. (**B**) 親生父母指的就是「生物學上的」父母，選 (B) ***biological***

〔͵baɪə'lɑdʒɪk!〕*adj.*。

(A) lawful〔'lɔfəl〕*adj.* 合法的

(C) physical〔'fɪzɪk!〕*adj.* 身體的

(D) substantial〔səb'stænʃəl〕*adj.* 實質的

7. (**C**) (A) in addition　to～　除了～之外

(B) in conclusion　總而言之

(C) ***in return***　做爲回報

(D) in contrast　相反地；對比地

8. (**B**) 依句意，「想當父母又不想領養小孩」，可以求助代理孕

母，故選 (B) ***childless***，指「沒有小孩的」夫妻。

(A) defective〔dɪ'fɛktɪv〕*adj.* 不完美的；有缺陷的

(D) double-income　*adj.* 雙薪的

9. (**D**) (A) raise〔rez〕*v.* 養育（小孩）

(B) bear〔bɛr〕*v.* 生（小孩）

(C) 接受

(D) ***adopt***〔ə'dɑpt〕*v.* 領養

10. (**C**) (A) battle〔'bæt!〕*n.* 戰役　　(B) 科學家

(C) ***debate***〔dɪ'bet〕*n.* 爭論　　(D) 痛苦

TEST 3

Read the following passage, and choose the best answer for each blank from the list below.

Art refers ____1____ any human object or activity that tries to ____2____ the standards of beauty in a specific society. For example, in Japan, tea drinking is an art, because it ____3____ a special ritual of beautiful service, ____4____ in the United States, tea drinking is not an art ____5____ merely an ordinary activity. The great variety of artistic forms and styles in ____6____ culture makes the study of art ____7____. In addition, art expresses some of the basic themes and values of a culture, so ____8____ provides insights ____9____ different cultural patterns and the different ways ____10____ people view the world around them.

1. (A) about   (B) into
   (C) to   (D) as

2. (A) get   (B) make
   (C) take   (D) meet

3. (A) associates with
   (B) has associated with
   (C) is associating with
   (D) is associated with

4. (A) therefore   (B) where
   (C) whereas   (D) although

5. (A) but   (B) and
   (C) as   (D) or

6. (A) both   (B) each
   (C) another   (D) the other

7. (A) rewarded   (B) rewarding
   (C) rewardy   (D) reward

8. (A) they   (B) one
   (C) those   (D) it

9. (A) with   (B) in
   (C) through   (D) into

10. (A) which   (B) in which
    (C) how   (D) by which

TEST 3 詳解

　　藝術是指為了符合一個特定社會美的標準，而產生的各種人文事物或活動。例如，在日本，喝茶是一門藝術，因為它令人聯想到一個特別的美的儀式。然而在美國，喝茶不是什麼藝術，而只是個普通的活動。各個文化之間，藝術風格與形式的多樣性，使得藝術研究變得很有收穫。此外，藝術表現出一個文化的基本主旨和價值觀，因此它也提供了不同文化模式的內涵以及不同的方式，讓人們得以看待他們周遭的世界。

**　　object〔ˈɑbdʒɪkt〕*n.* 物體
　　standard〔ˈstændəd〕*n.* 標準
　　specific〔spɪˈsɪfɪk〕*adj.* 特定的
　　ritual〔ˈrɪtʃuəl〕*n.* 儀式　　service〔ˈsɝvɪs〕*n.* 儀式
　　merely〔ˈmɪrlɪ〕*adv.* 只是；僅僅
　　artistic〔ɑrˈtɪstɪk〕*adj.* 藝術的　　theme〔θim〕*n.* 主題
　　insight〔ˈɪn,saɪt〕*n.* 洞察力　　pattern〔ˈpætən〕*n.* 模式

1. (**C**) *refer to* 指

2. (**D**) 表示「符合」標準，要用 *meet* the standards，選 (D)。

3. (**D**) *A be associated with B* A 和 B 被聯想在一起

4. (**C**) 前後句意有轉折，故選 (C) *whereas*〔hwɛrˈæz〕*conj.* 然而。(A) 因此、(B) 在～地方、(D) 雖然，均不合。

5. (**A**) 依句意，喝茶在美國「不是」藝術，「而是」普通活動，
用 ***not~but***…，選 (A)。

6. (**B**) 依句意，「每個」文化有不同的藝術形式和風格，
選 (B) ***each***。

7. (**B**) make sth. + *adj.* 表示「使某件事變得～」，而形容事物
「有收穫的」，選 (B) ***rewarding*** 〔rɪˈwɔrdɪŋ〕*adj.*。
(D) reward〔rɪˈwɔrd〕*v., n.* 報酬；酬謝

8. (**D**) 空格應指「藝術」提供人們洞察力，而代替前面已出現的
主詞 art，用 ***it***，選 (D)。

9. (**D**) 表示有洞察力，能「看穿；看透」某事，介系詞用 ***into***，
選 (D)。

10. (**B**) in~ways 表「以～方式」之意，此處用 which 代替
先行詞 ways，故本題選 (B) ***in which***。

【劉毅老師的話】

看到四個選項一樣的字，不一樣的型
態時，如有原形動詞、不定詞、分詞、被動
等時，表示這個題目考**文法概念**，就依照
上下文判斷空格所需要的型態。

TEST 4

Read the following passage, and choose the best answer for each blank from the list below.

With the emergence of the technological age, it has become ___1___ difficult to be a knowledgeable person. There is too ___2___ information to know something about everything. So what should ___3___ educated person be in the twenty-first century? It isn't always clear whether one should try to become a specialist or a generalist in today's world. Some people have focused their education on ___4___ skills in one area; specialists now ___5___ in every field of life. Conversely, others continue ___6___ that a well-rounded education offers the most in life. Generalists typically follow a ___7___ education but may never become experts in any field.

The Greek poet, Archilochus, described this difference between generalists and specialists ___8___ a metaphor. "The fox knows many things, but the hedgehog knows one big thing." It's not clear whether there were more foxes or hedgehogs in ancient Greece, but today there ___9___ to be an inordinate number of hedgehogs, people who know very little about the world, ___10___ their field of expertise. This, in fact, has been one of the criticisms of today's American colleges and universities that they are producing too many hedgehogs.

1. (A) increasing   (B) increasingly
   (C) increases   (D) increased

2. (A) many   (B) few
   (C) much   (D) little

3. (A) a   (B) an
   (C) first   (D) x

4. (A) development   (B) developed
   (C) develops   (D) developing

5. (A) flourish   (B) frustrate
   (C) falter   (D) filter

6. (A) believed   (B) to believe
   (C) convincing   (D) to convince

7. (A) public   (B) private
   (C) college   (D) liberal

8. (A) by   (B) with
   (C) to   (D) like

9. (A) appear   (B) turn
   (C) appears   (D) turns

10. (A) save   (B) besides
    (C) for   (D) without

TEST 4 詳解

　　隨著科技時代的來臨，要做一個知識豐富的人，變得越來越困難了。資訊太多了，不可能每件事情都懂一些，所以二十一世紀的知識分子應該是怎樣的呢？在今日的世界上，一個人應該成爲專才還是通才呢？這個問題一直不太明確。有些人專心學習，發展某一領域的技術；專業人才目前在生活的每個領域中都蓬勃發展。相反地，有些人一直都相信，通才教育才能提供生活大多數技能，通才者一向都信奉通才教育，但可能無法成爲任何一個領域的專家。

　　希臘詩人阿基勒克斯，就用一個隱喻，來描述通才和專才的不同：「狐狸知道很多事，但豪豬只知道一件大事。」在古希臘是狐狸較多或豪豬較多，並不清楚，但是今日豪豬的數目似乎過多，很多人除了他們的專業領域外，對這個世界幾乎一無所知。事實上，這就是今日美國的大專院校被批評的，他們製造出太多豪豬了。

** emergence〔ɪˈmɝdʒəns〕*n.* 出現
　　knowledgeable〔ˈnɑlɪdʒəbḷ〕*adj.* 知識豐富的
　　specialist〔ˈspɛʃəlɪst〕*n.* 專才
　　generalist〔ˈdʒɛnərəlɪst〕*n.* 通才
　　focus ~ on 把～集中在…
　　conversely〔kənˈvɝslɪ〕*adv.* 相反地
　　well-rounded〔ˈwɛlˈraʊndɪd〕*adj.* 通才的；全面的
　　typically〔ˈtɪpɪkəlɪ〕*adv.* 典型地；一向
　　metaphor〔ˈmɛtəfɚ〕*n.* 暗喻；隱喻
　　hedgehog〔ˈhɛdʒˌhɑg〕*n.* 豪豬；箭豬
　　inordinate〔ɪnˈɔrdṇɪt〕*adj.* 過度的
　　expertise〔ˌɛkspɚˈtiz〕*n.* 專門的技術、知識

1. (**B**) 修飾形容詞 difficult 應用副詞，故選 (B) ***increasingly***，
表「逐漸地；越來越～」之意。

2. (**C**) 依句意，資訊太「多」，不可能事事都知道，information
爲不可數名詞，應用 ***much*** 修飾，選 (C)。

3. (**B**) educated 爲母音開頭，故冠詞應用 ***an***，選 (B)。

4. (**D**) on 是介系詞，其後應接動名詞，選 (D) ***developing***。

5. (**A**) (A) ***flourish*** 〔'flɝɪʃ〕 *v.* 繁盛；蓬勃
(B) frustrate 〔'frʌstret〕 *v.* 使受挫折
(C) falter 〔'fɔltɚ〕 *v.* 躊躇；支吾其詞
(D) filter 〔'fɪltɚ〕 *v.* 過濾

6. (**B**) continue 之後可接 V-ing 或 to-V，而表示「相信」某事，
believe 應用主動，convince 則需用被動 be convinced，
故本題選 (B) ***to believe***。

7. (**D**) (A) 公立的　　(B) 私立的
liberal education 通才教育

8. (**B**) 「以～」來描述，介系詞應用 ***with***，選 (B)。by + V-ing 指
「藉著做～」，like「像～」，爲舉例用法，均不合。

9. (**A**) There appear(s) to be～表「似乎有～」之意，主詞 an…
hedgehogs，爲複數，故選 (A) ***appear***。

10. (**A**) 依句意選 (A) ***save***，在此爲介系詞，做「除了～之外」解，
等於 except。(B) besides 指「除了～外還有」，在此不合。

TEST 5

Read the following passage, and choose the best answer for each blank from the list below.

Most parents are glad to see their children taking an interest in using computers and learning keyboard ___1___ at an early age. ___2___, there are some who would like to see their children spend less time in front of the ___3___, parents who feel their children have turned ___4___ computer addicts.

The typical addict seems to be a boy in his early teens. He enjoys the challenge of playing aggressive games, the sort of game which is often based on "knocking out" enemy planes or shooting down alien spacecraft. Getting a high score becomes ___5___, and he tends to spend all his spare time trying to ___6___ on his speed and accuracy.

The result is that he doesn't spend time on other hobbies, reading or school homework. This can also mean that he neglects his friends and doesn't mix much with other people. ___7___ with a machine can become a substitute ___8___ building relationships with friends. Sitting at a machine can become a way for someone who is shy and ___9___ with other people to avoid making the effort to develop healthy friendships and relationships. Playing computer games may seem more active than, for example, watching television for hours, but it is just as ___10___.

1. (A) secrets   (B) codes
   (C) crafts   (D) skills

2. (A) However   (B) Because
   (C) Since   (D) Thus

3. (A) screen   (B) image
   (C) picture   (D) chart

4. (A) on   (B) up
   (C) out   (D) into

5. (A) a pain   (B) an obsession
   (C) a lesson   (D) an adventure

6. (A) work   (B) carry
   (C) improve   (D) try

7. (A) Doing
   (B) Experimenting
   (C) Interacting   (D) Living

8. (A) with   (B) in
   (C) to   (D) for

9. (A) insecure   (B) patient
   (C) tame   (D) curious

10. (A) entertaining   (B) isolating
    (C) tiring   (D) aggressive

TEST 5 詳解

　　大部分父母都會很高興看到，他們的小孩從小對使用電腦，和學習鍵盤技術有興趣。然而，有些人會想要看到他們的孩子，少花點時間在電腦螢幕前面，因爲那些父母覺得，他們的小孩已經變成電腦迷了。

　　典型的電腦迷似乎都是十二、三歲的男孩，他喜歡攻擊性遊戲的挑戰，這種遊戲通常基本上，都是要摧毀敵人的飛機，或是擊落外星人的太空船。得到高分成爲一種縈繞不去的念頭，他很容易會把所有的閒暇時間，都用來努力改善自己的速度和準確度。

　　結果就變成，他不會把時間花在其他嗜好、閱讀，或學校課業上。這也意味著，他會忽略他的朋友，不太與其他人交往。和機器的互動取代了和朋友建立關係。坐在機器前面，對於害羞、與其他人一起沒有安全感的人而言，可能成爲一種逃避去努力發展健康友誼和關係的方法。玩電腦遊戲也許似乎比起，例如看好幾小時的電視，更活躍，但還是一樣地孤立。

**　*take an interest in*　對～有興趣
　　keyboard〔'ki,bord〕*n.* 鍵盤　　addict〔'ædɪkt〕*n.* 上癮者
　　typical〔'tɪpɪkl̩〕*adj.* 典型的
　　in one's teens　某人十幾歲的時候
　　challenge〔'tʃælɪndʒ〕*n.* 挑戰
　　aggressive〔ə'grɛsɪv〕*adj.* 攻擊的　　sort〔sɔrt〕*n.* 種類
　　be based on　以～爲基礎　　*knock out*　擊倒；毀壞
　　shoot down　擊落　　alien〔'eljən〕*adj.* 外國的；外星人的
　　spacecraft〔'spes,kræft〕*n.* 太空船

tend to + *V* 傾向於～；易於～　　*spare time* 閒暇時間
accuracy〔'ækjərəsı〕*n.* 準確度
neglect〔nı'glɛkt〕*v.* 忽略
substitute〔'sʌbstə,tjut〕*n.* 代替品
active〔'æktıv〕*adj.* 活躍的

1.(**D**)　(A) 祕密；祕訣
　　　　(B) code〔kod〕*n.* 密碼；暗號
　　　　(C) craft〔kræft〕*n.* 技藝
　　　　(D) 技術

2.(**A**)　上下二句語氣有轉折，故選 (A) *However*。(B) 因為、
　　　　(C) 自從、(D) 因此，均不合。

3.(**A**)　(A) *screen*〔skrin〕*n.* 螢幕
　　　　(B) image〔'ımıdʒ〕*n.* 形象；肖像
　　　　(C) picture〔'pıktʃɚ〕*n.* 畫；照片
　　　　(D) chart〔tʃɑrt〕*n.* 圖表

4.(**D**)　(A) turn on　打開　　　(B) turn up　開大聲
　　　　(C) turn out (to be)～　結果是～
　　　　(D) *turn into*　變成

5.(**B**)　依句意，遊戲得高分變成一種「縈繞不去的念頭」，
　　　　選 (B) *obsession*〔əb'sɛʃən〕*n.*。
　　　　(A) 痛苦，(B) adventure〔əd'vɛntʃɚ〕*n.* 冒險，
　　　　(C) 課；教訓，句意均不合。

6. (**C**) (A) work on 從事   (B) carry on 繼續

           (C) *improve on* 改善   (D) try on 試穿

7. (**C**) *interact with* 與～互動

           (A) do with 處理 (與疑問詞 what 連用)

           (B) experiment〔ɪk'spɛrəmɛnt〕*v.* 做實驗

8. (**D**) *a substitute for*～ ～的代替品

9. (**A**) (A) *insecure*〔͵ɪnsɪ'kjʊr〕*adj.* 不安的

           (B) patient〔'peʃənt〕*adj.* 有耐心的

           (C) tame〔tem〕*adj.* 溫馴的

           (D) curious〔'kjʊrɪəs〕*adj.* 好奇的

10. (**B**) (A) entertaining〔͵ɛntɚ'tenɪŋ〕*adj.* 使人愉快的；有趣的

           (B) *isolating*〔'aɪsḷ͵etɪŋ〕*adj.* 孤立的

           (C) tiring〔'taɪrɪŋ〕*adj.* 使人疲倦的；累人的

           (D) 攻擊性的；積極的

【劉毅老師的話】

     組織考題通常考副詞、**轉承語**，此時要比較前後二句話之間的關係，語氣是平順、或轉折，是因果關係，或是舉例用法。

TEST 6

Read the following passage, and choose the best answer for each blank from the list below.

HOW TO USE YOUR VCR

____1____ the cabinet by touching the inside of the VCR (VIDEO CASSETTE RECORDER) with your hand; a screwdriver, or anything else, ____2____ only harmful to the unit, but is also dangerous.

Avoid using the VCR ____3____ high temperatures and high humidity such as bathrooms, kitchens, saunas, etc., or in dusty places, poorly ventilated places, or near space heaters, furnaces, ovens, or other heat ____4____.

Also, do not keep the VCR inside a closed automobile in direct sunlight. Doing ____5____ could result in the cabinet becoming deformed, or malfunctions occurring in the ____6____.

Video cassette recorders are extremely ____7____ magnetism, and should not be brought in contact with, or exposed to, magnetized objects (magnets, transformers, magnetic toys, etc.). Exposure to magnetic sources ____8____ in valuable recordings being erased.

Place the unit on a flat, stable, level surface, and never subject it to violent shaking or any other shock or impact.

The VCR is provided with air vents to prevent the temperature inside the unit ____9____ rising excessively; be sure never to cover these vents during operation.

When the recorder is not in use, it is recommended that any video cassette within the unit ____10____.

1. (A) Remove   (B) To remove
   (C) Removing   (D) Removes

2. (A) is not   (B) do not
   (C) are not   (D) has not

3. (A) through places with   (B) at places with
   (C) on places with   (D) in places with

4. (A) generated equipment
   (B) generating equipment
   (C) generated equipments
   (D) generating equipments

5. (A) as   (B) which
   (C) so   (D) such

6. (A) mechanic   (B) mechanism
   (C) mechanical   (D) mechanics

7. (A) sensible to   (B) sensational to
   (C) sensitive to   (D) sensual to

8. (A) could result
   (B) could have been resulted
   (C) could have resulted
   (D) could have result

9. (A) to   (B) for
   (C) of   (D) from

10. (A) should be ejecting
    (B) should be ejected
    (C) would be ejected
    (D) should have been ejected

TEST 6 詳解

如何使用你的 VCR（錄影機）

要取下外殼時，用手碰觸錄影機內部即可；螺絲起子或其他工具，不但對機器本身會造成傷害，也很危險。

避免在溫度和濕度高的地方使用錄影機，像浴室、廚房、三溫暖等等，或是灰塵多的地方、通風不良的地方、或是接近室內暖氣機、爐灶、烤箱，或其他會產生熱氣的裝備。

此外，不要把錄影機放在密閉的汽車中，直接受陽光照射。如此做可能會導致外殼變形，或機件故障。

錄影機對磁力非常敏感，所以不應接觸或暴露於有磁性的物體（磁鐵、變壓器、有磁性的玩具等）。暴露於有磁性的來源中，可能會導致珍貴的錄影內容被洗掉。

把機器放在平坦、穩固的表面上，不要讓它受到猛烈的搖晃，或其他任何的衝擊。

錄影機本身有通風口，可避免機器內部的溫度過度升高；操作時，絕對不可蓋住這些通風口。

當錄影機不用時，機器裏面的卡帶最好退出來。

** cabinet〔ˈkæbənɪt〕*n.* 外殼
　 screwdriver〔ˈskruˌdraɪvɚ〕*n.* 螺絲起子
　 unit〔ˈjunɪt〕*n.* 單位；機器
　 temperature〔ˈtɛmpərətʃɚ〕*n.* 溫度
　 humidity〔hjuˈmɪdətɪ〕*n.* 溼度

sauna〔'saʊnə , 'sɔnə〕 *n.* 三溫暖

ventilate〔'vɛntḷ,et〕 *v.* 使通風；使空氣流通

space heater 室內暖氣機（可移動）

furnace〔'fɝnɪs〕 *n.* 爐灶；暖氣爐

oven〔'ʌvən〕 *n.* 烤箱　　direct〔də'rɛkt〕 *adj.* 直接的

deform〔dɪ'fɔrm〕 *v.* 變形

malfunction〔mæl'fʌŋkʃən〕 *n.* 故障

magnetism〔'mægnə,tɪzəm〕 *n.* 磁性

in contact with 接觸到　　expose〔ɪk'spoz〕 *v.* 暴露 < *to* >

magnetize〔'mægnə,taɪz〕 *v.* 使有磁性

magnet〔'mægnɪt〕 *n.* 磁鐵

transformer〔træns'fɔrmɚ〕 *n.* 變壓器

magnetic〔mæg'nɛtɪk〕 *adj.* 有磁性的

exposure〔ɪk'spoʒɚ〕 *n.* 暴露 < *to* >

erase〔ɪ'rez〕 *v.* 洗掉；擦掉　　flat〔flæt〕 *adj.* 平坦的

stable〔'stebḷ〕 *adj.* 穩固的　　level〔'lɛvḷ〕 *adj.* 平坦的

subject〔səb'dʒɛkt〕 *v.* 使遭受 < *to* >

impact〔'ɪmpækt〕 *n.* 衝擊　　vent〔vɛnt〕 *n.* 通風口

excessively〔ɪk'sɛsɪvlɪ〕 *adv.* 過度地

recommend〔,rɛkə'mɛnd〕 *v.* 推薦；勸告

1. (**A**) 由其後每段開頭均用祈使句可知，本句亦用祈使句，
　　　　故選 (A)。remove〔rɪ'muv〕 *v.* 移開；取下

2. (**A**) 形容詞 harmful 之前應用 be 動詞，且主詞為單數，
　　　　故選 (A)。

3. (**D**) 表示「在～地方」，且與後句一致，介系詞應用 *in*，選 (D)。

4. (**B**) heat generating 為複合形容詞，指「產生熱氣的」。
equipment〔ɪ'kwɪpmənt〕 *n.* 裝備，為不可數名詞，
不可以加 "s"，故本題選 (B)。

5. (**C**) 代替前面所提過之事，選 (C) *so*。

6. (**B**) 此處「機件」故障，指的是內部的「機械裝置」，故應選
(B) *mechanism*〔'mækə,nɪzəm〕 *n.*。
(A) mechanic〔mə'kænɪk〕 *n.* 技工
(C) mechanical〔mə'kænɪkl̩〕 *adj.* 機械的
(D) mechanics〔mə'kænɪks〕 *n.* 機械學

7. (**C**) (A) sensible〔'sɛnsəbl̩〕 *adj.* 明智的
(B) sensational〔sɛn'seʃnl̩〕 *adj.* 煽動的；聳人聽聞的
(C) *sensitive*〔'sɛnsətɪv〕 *adj.* 敏感的 < *to* >
(D) sensual〔'sɛnʃʊəl〕 *adj.* 官能的；肉慾的

8. (**A**) 依句意「可能導致～」，用助動詞加原形動詞即可，
選 (A) *could result*。

9. (**D**) *prevent ~ from* $\begin{cases} N \\ V\text{-}ing \end{cases}$ 避免；防止

10. (**B**) *It is recommended that S* + (*should*) + 原 *V.* 最好～，
在此卡帶「被退出來」，應用被動，選 (B)。
eject〔ɪ'dʒɛkt〕 *v.* 噴出；（卡帶等）退出

TEST 7

Read the following passage, and choose the best answer for each blank from the list below.

With society becoming increasingly affluent, criminals these days are ____1____ better armed than before. It is not ____2____ for gangsters to possess hand grenades and bullet-proof vests, ____3____ knives and guns. Recently a police officer was killed in a shootout with underworld figures because he was not ____4____ a bulletproof vest while his killer was.

In recent years the ____5____ police have suffered in gun fights with criminals have been ____6____. In many cases police are less well equipped with weapons than criminals. ____7____, they are restrained in using weapons by current regulations governing gun use among police.

Our police are in ____8____ need of more efficient weaponry, particularly bulletproof garments, if they are to gain the upper ____9____ in gunfights with reckless thugs. If police continue to be ____10____ to criminal attacks, law and order will suffer too.

1. (A) very   (B) lots of
   (C) considerable   (D) much

2. (A) uncommon   (B) uncommonly
   (C) infrequently   (D) rarely

3. (A) not to talk
   (B) not to mention
   (C) to not talk
   (D) to not mention

4. (A) putting on   (B) put on
   (C) wearing   (D) worn

5. (A) loss   (B) casualties
   (C) casualty   (D) fatality

6. (A) increasing   (B) increased
   (C) to increase
   (D) on the increasing

7. (A) In addition   (B) Beside
   (C) In addition to   (D) Apart from

8. (A) urgency   (B) desperate
   (C) badly   (D) contingently

9. (A) hand   (B) track
   (C) start   (D) edge

10. (A) opened   (B) easy
    (C) vulnerable   (D) access

TEST 7 詳解

隨著社會越來越富裕,現今罪犯的武力裝備也比以前好很多。歹徒擁有手榴彈和防彈背心,已不足爲奇,更別提刀槍。最近有一位警官,在與黑社會份子槍戰中,不幸身亡,因爲他沒有穿防彈背心,而對方卻有。

近幾年來,警方在槍戰中傷亡的人數,正逐漸增加中。在許多案件中,警察的武力配備還不如歹徒。此外,在現有的槍枝管制規定下,警察的用槍受到限制。

我們的警方現在迫切需要更有效率的武器,尤其是防彈衣,這樣他們才能在與魯莽的歹徒槍戰中占上風。如果警方面對歹徒的攻擊都如此脆弱,那麼法律和秩序也會遭殃。

** affluent〔'æfluənt〕adj. 富裕的 (= wealthy)
criminal〔'krɪmənḷ〕n. 罪犯　adj. 犯罪的
armed〔ɑrmd〕adj. 武裝的
than before 比以前 (= than ever)
gangster〔'gæŋstɚ〕n. 歹徒
possess〔pə'zɛs〕v. 擁有　　grenade〔grɪ'ned〕n. 手榴彈
bulletproof〔'bʊlɪt,pruf〕adj. 防彈的
vest〔vɛst〕n. 背心　　shootout〔'ʃut,aʊt〕n. 槍戰
underworld〔'ʌndɚ,wɝld〕n. 黑社會
figure〔'fɪgɚ〕n. 人物　　***be equipped with*** ~ 有~配備
restrain〔rɪ'stren〕v. 限制;抑制
current〔'kɝənt〕adj. 現在的
regulation〔,rɛgjə'leʃən〕n. 規定

govern〔ˋgʌvən〕*v.* 管制
weaponry〔ˋwɛpənrɪ〕*n.* 武器（集合名詞）
garment〔ˋgɑrmənt〕*n.* 衣服
reckless〔ˋrɛklɪs〕*adj.* 魯莽的　　thug〔θʌg〕*n.* 惡棍
order〔ˋɔrdə〕*n.* 秩序

1.(**D**)　修飾比較級用副詞 *much*，選 (D)。(A) very 修飾原級；
　　　　(B) 應改成 a lot，才能修飾比較級。(C) considerable
　　　　〔kənˋsɪdərəbḷ〕*adj.* 相當大的，不合。

2.(**A**)　is 後主詞補語應用形容詞，選 (A) *uncommon* 不尋常的。
　　　　(B) 不尋常地、(C) infrequently 稀少地、(D) rarely 很少；
　　　　罕見地，均為副詞，文法不合。

3.(**B**)　*not to mention* 更別提

4.(**C**)　wear 強調穿衣服的狀態，put on 強調動作，此處應指穿
　　　　防彈衣的狀態，所以用 wear，前有 was，故用進行式，
　　　　選 (C) *wearing*。

5.(**B**)　警察的傷亡人數不只一人，要用複數，選 (B) *casualties*
　　　　〔ˋkæʒuəltɪz〕*n. pl.* 死傷人數。
　　　　(A) loss〔lɔs〕*n.* 死亡者；損失（應用複數）
　　　　(D) fatality〔fəˋtælətɪ〕*n.* 死亡者（應用複數）

6.(**A**)　「逐漸增加」有兩種說法 $\begin{cases} \textit{be on the increase} \\ \text{be increasing} \end{cases}$

　　　　所以只有答案 (A) 正確。

7. (**A**)　依句意，應選 (A) *In addition*　此外 (= *Besides*)。
　　　　　(B) Beside　在～旁邊；(C) In addition to　除～之外，
　　　　　為介系詞片語，之後一定要接受詞；(D) Apart from
　　　　　除～之外，句意均不合。

8. (**B**)　依句意，「迫切需要」更有效的武器裝備，need 之前應
　　　　　用形容詞修飾，選 (B) *desperate* 〔'dɛspərɪt 〕 *adj.* 非常的；
　　　　　極度的。(A) urgency 〔'ɝdʒənsɪ 〕 *n.* 緊急，詞性不合，
　　　　　應用形容詞 be in urgent need of…，或副詞 be in need
　　　　　of…urgently；(C) badly 〔'bædlɪ 〕 *adv.* 極度地；非常地，
　　　　　應用 be badly in need of… 。
　　　　　(D) contingently 〔 kən'tɪndʒəntlɪ 〕 *adv.* 偶然地；意外地，
　　　　　文法、均句意不合。

9. (**A**)　*gain the upper hand*　占上風
　　　　　(B) track 〔 træk 〕 *n.* 痕跡，(C) start 〔 stɑrt 〕 *n.* 開始，
　　　　　(D) edge 〔 ɛdʒ 〕 *n.* 邊緣，均無此用法。

10. (**C**)　(C) *vulnerable* 〔'vʌlnərəbḷ 〕 *adj.* 易受傷害的；脆弱的 < *to* >
　　　　　(D) access 〔'æksɛs 〕 *n.* 接近；使用權 < *to* >

TEST 8

Read the following passage, and choose the best answer for each blank from the list below.

There are many ways to learn about unfamiliar histories (e.g. histories of other cultures). We can take advantage of opportunities to ___1___ friendships with individuals who have backgrounds and views different from our own. We grow when we learn to respect, love and accept those who are not just like us. This task has always been the most ___2___ for me in my own life and ___3___ the most ___4___ when I finally decide to face the challenge. It takes courage to ___5___ out of familiar settings, habits, and patterns of thought and see ourselves and our own culture ___6___ the eyes of others. Making friends with individuals from other social, ethnic, religious and cultural backgrounds ___7___ us to see ourselves and our society more ___8___, ___9___ can break down the artificial ___10___ we build between us. This will increase our sense of community in the world and strengthen community values.

1. (A) explain   (B) evaluate
   (C) nurture   (D) interview

2. (A) challenge   (B) challenges
   (C) challenged   (D) challenging

3. (A) so   (B) yet
   (C) or   (D) thus

4. (A) benefit   (B) benefits
   (C) benefited   (D) beneficial

5. (A) grow   (B) run
   (C) step   (D) live

6. (A) at   (B) on
   (C) by   (D) through

7. (A) allow   (B) allows
   (C) allowed   (D) allowing

8. (A) objecting   (B) objective
   (C) objectivity   (D) objectively

9. (A) it   (B) that
   (C) which   (D) who

10. (A) borders   (B) barriers
    (C) bonds   (D) boundaries

TEST 8 詳解

　　要學習自己不熟悉的歷史（例如，其他文化的歷史），有許多方法。我們可以利用機會，和擁有與我們不同背景和觀點的人交朋友，當我們學習尊重、喜愛和接受和我們不同的人時，我們自己也在成長。當我最後決定去面對這份挑戰時，它就一直是我生命中最艱難，卻也是受益最多的一項工作。要跳出自己所熟悉的環境、習慣和思考模式，透過別人的眼睛，來看待我們自己和我們自己的文化，需要極大的勇氣。和來自不同社會、種族、宗教和文化背景的人交朋友，能夠讓我們更客觀地看我們自己和整個社會，這樣便能夠打破我們自己建造起來的彼此之間的人為障礙。如此才能增進我們對全世界的社區意識，並強化社區價值。

**　** unfamiliar〔͵ʌnfəˋmɪljɚ〕*adj.* 不熟悉的
　　take advantage of 利用
　　individual〔͵ɪndəˋvɪdʒʊəl〕*n.* 個人
　　background〔ˋbæk͵graʊnd〕*n.* 背景
　　task〔tæsk〕*n.* 工作　　challenge〔ˋtʃælɪndʒ〕*n.* 挑戰
　　setting〔ˋsɛtɪŋ〕*n.* 環境；背景　　pattern〔ˋpætɚn〕*n.* 模式
　　ethnic〔ˋɛθnɪk〕*adj.* 種族的　　*break down* 損壞；瓦解
　　artificial〔͵ɑrtəˋfɪʃəl〕*adj.* 人為的
　　community〔kəˋmjunətɪ〕*n.* 社區
　　strengthen〔ˋstrɛŋθən〕*v.* 強化；加強

1. (**C**) (A) explain〔ɪkˋsplen〕*v.* 解釋；說明
　　　　(B) evaluate〔ɪˋvæljʊ͵et〕*v.* 評估
　　　　(C) *nurture*〔ˋnɝtʃɚ〕*v.* 滋養；培養
　　　　(D) interview〔ˋɪntɚ͵vju〕*v.* 面談

2. (**D**) 形容這份工作是最具有「挑戰性的」，所以用形容詞
challenging，選 (D)。

3. (**B**) 最艱難，「然而卻」也是受益最多，前後句意有轉折，
故應選 (B) *yet*。(A) 因此，(C) 或者，(D) 因此，均不合。

4. (**D**) 形容工作是最「有益的」，選 (D) *beneficial*〔͵bɛnəˋfɪʃəl〕，
用形容詞。benefit〔ˋbɛnəfɪt〕*n.* 利益，*v.* 獲益，均不合。

5. (**C**) 依句意，「走出」熟悉的環境，用 *step* out of…，選 (C)。
(A) grow out of　產生於　　(B) run out of　用完
(D) live out of　靠～過活

6. (**D**) 依句意，「透過」別人的眼睛，介系詞用 *through*，選 (D)。

7. (**B**) 主詞 Making friends with…backgrounds，動名詞片語視
為單數，故動詞要用 (B) *allows*。

8. (**D**) 依句意，更「客觀地」去看我們自己和整個社會，修飾動
詞 see 應用副詞，選 (D) *objectively*〔əbˋdʒɛktɪvlɪ〕。
(B) objective〔əbˋdʒɛktɪv〕*adj.* 客觀的
(C) objectivity〔͵ɑbdʒɛkˋtɪvətɪ〕*n.* 客觀性

9. (**C**) 空格應為關係代名詞，代替前面的句子：Making friends…
more objectively，選 (C) *which*。

10. (**B**) (A) border〔ˋbɔrdɚ〕*n.* 界線；國界
(B) *barrier*〔ˋbærɪɚ〕*n.* 障礙　　(C) bond〔bɑnd〕*n.* 結合
(D) boundary〔ˋbaʊndərɪ〕*n.* 邊界

TEST 9

Read the following passage, and choose the best answer for each blank from the list below.

All people have the right to their own opinions. They also have the right to defend their opinions to others. In the heat of battle, however, it's easy to ____1____ someone whose opinions differ from yours.

To respect someone is to hold him in high regard. The language ____2____ during an argument reflects the amount of respect each person has for the other. Swearing and using negative names, such as "liar" and "idiot" show ____3____ respect for the other. Such language ____4____ the emotional level of the quarrel and reduces the chance for a constructive solution to the problem.

Showing respect for others also means that you don't ____5____ hurt them. When a relationship is close, people know how to irritate each other. Doing so during a fight often means attacking others ____6____ they are most sensitive or easily hurt. This shows a lack of respect for them and their ____7____.

Finally, to respect is not to violate others' privacy. ____8____, no matter how close you are to each other, you should not read your friends' personal letters without ____9___. There is a secret space that we all want to ____10___ to ourselves. If you trespass on this secret space, you show no respect.

1. (A) focus   (B) notice
   (C) befriend   (D) belittle

2. (A) uses   (B) used
   (C) using   (D) to use

3. (A) few   (B) a few
   (C) little   (D) a little

4. (A) ends   (B) raises
   (C) fixes   (D) removes

5. (A) deliberately   (B) constructively
   (C) rationally   (D) significantly

6. (A) who   (B) how
   (C) that   (D) where

7. (A) achievements   (B) strengths
   (C) weaknesses   (D) characters

8. (A) In contrast   (B) In addition
   (C) For instance   (D) By the way

9. (A) admission   (B) permission
   (C) certification   (D) qualification

10. (A) stay   (B) take
   (C) keep   (D) hold

TEST 9 詳解

　　所有人都有表達自己言論的權利，也有向別人辯護自己言論的權利。然而，在激烈的爭辯中，你很容易會對那些意見與你不同的人，產生輕視。

　　尊敬別人也就是看重她。爭論時所使用的言語，反映出每個人對對方的尊重程度。咒罵，以及使用負面的名稱，如騙子、白痴等，表示對對方不尊重。這樣的語言會提高爭論的情緒化程度，而且，要找到一個有建設性的解決問題之道，機會也減少了。

　　尊敬別人也表示你不會故意傷害他們。當人們關係很親密時，他們知道如何激怒彼此。爭吵時如此做，常意味著攻擊別人最敏感或最脆弱的地方。這樣就顯出對他們，及他們人格的不尊敬。

　　最後，尊敬也就是不侵犯別人的隱私。例如，無論你們彼此有多親密，未經允許，你都不該閱讀朋友的私人信件。我們每個人都想為自己保留一個秘密空間，如果你逾越這個空間，就是不尊敬。

** defend〔dɪˋfɛnd〕 v. 防衛；辯護

heat〔hit〕 n. 熱；激烈　　battle〔ˋbætl̩〕 n. 戰鬥；爭論

regard〔rɪˋgard〕 n. 尊重；重視

argument〔ˋargjəmənt〕 n. 爭論（= quarrel）

reflect〔rɪˋflɛkt〕 v. 反映　　swear〔swɛr〕 v. 發誓；咒罵

negative〔ˋnɛgətɪv〕 adj. 否定的；負面的

constructive〔kənˋstrʌktɪv〕 adj. 有建設性的

irritate〔ˋɪrə‚tet〕 v. 激怒　　sensitive〔ˋsɛnsətɪv〕 adj. 敏感的

violate〔ˋvaɪə‚let〕 v. 違反；侵犯

privacy〔ˋpraɪvəsɪ〕 n. 隱私

trespass〔ˋtrɛspəs〕 v. 侵入 < on >

1. (**D**)　(C) befriend〔bɪˈfrɛnd〕v. 視爲朋友；幫助

　　　　　(D) ***belittle***〔bɪˈlɪtl̩〕v. 輕視

2. (**B**)　依句意，爭論時「被使用的」語言，爲被動，選 (B) ***used***。

3. (**C**)　依句意，罵人代表「不」尊敬，選 (C) ***little***。

4. (**B**)　「提高」情緒化的程度，選 (B) ***raises***。(A) 結束、(C) 修理、

　　　　　(D) 消除，均不合。

5. (**A**)　(A) ***deliberately***〔dɪˈlɪbərɪtlɪ〕adv. 故意地

　　　　　(C) rationally〔ˈræʃənl̩ɪ〕adv. 理性地

　　　　　(D) significantly〔sɪgˈnɪfəkəntlɪ〕adv. 重大地；有意義地

6. (**D**)　依句意，攻擊別人的痛「處」、最敏感的「地方」，在此句子

　　　　　缺乏表「地方」的關係副詞，故選 (D) ***where***。

7. (**D**)　(A) achievement〔əˈtʃivmənt〕n. 成就

　　　　　(B) strength〔strɛŋθ〕n. 力量；優點

　　　　　(C) weakness〔ˈwiknɪs〕n. 缺點

　　　　　(D) ***character***〔ˈkærɪktɚ〕n. 人格

8. (**C**)　依句意，此處爲舉例說明，選 (C) ***For instance***。

　　　　　(A) 對比之下、(B) 此外、(D) 順便一提，均不合。

9. (**B**)　(A) admission〔ədˈmɪʃən〕n. 承認；許入

　　　　　(B) ***permission***〔pɚˈmɪʃən〕n. 允許

　　　　　(C) certification〔͵sɝtəfəˈkeʃən〕n. 證明

　　　　　(D) qualification〔ˈkwɑləfəˈkeʃən〕n. 資格

10. (**C**)　***keep ~ to*** *oneself* 只保留給自己，選 (C)。

TEST 10

Read the following passage, and choose the best answer for each blank from the list below.

Have you ever noticed that in most ___1___ the person who ___2___ watches the face of the speaker? And when it is his ___3___ to speak, he ___4___ watches the other and looks away. And the direction ___5___ that person looks away is very ___6___. Researchers have found—and this can be tested ___7___ anywhere—that when people look to the left they are remembering, and when they look to the right they are thinking. Like all scientific ___8___, this one could tell you something. Next time your boyfriend has been away and you ask him where he has been, ___9___ his eyes. If, as he replies, they look up to the left, you know that he is trying to remember, but if they slide down to the right you know something ___10___ is coming.

1. (A) examinations   (B) conversations
   (C) expressions   (D) investigations

2. (A) is being spoken to
   (B) has been speaking
   (C) is speaking
   (D) has been spoken to

3. (A) turn   (B) bill
   (C) seat   (D) case

4. (A) alternately   (B) alternatively
   (C) alternatingly   (D) alteratively

5. (A) that   (B) which
   (C) for which   (D) in which

6. (A) considerable   (B) revealing
   (C) remarkable   (D) funny

7. (A) literarily   (B) literately
   (C) literally   (D) literature

8. (A) advancements   (B) inventions
   (C) progresses   (D) discoveries

9. (A) watching   (B) watch
   (C) to watch   (D) be watching

10. (A) illustrative   (B) illusive
    (C) delusive   (D) deceptive

TEST 10 詳解

　　你曾經注意過嗎？在大多數的對話中，聆聽的那個人會看著說話者的臉，等到輪到他自己說話時，他卻是時而看著對方，時而會將目光移開。而且，他會將目光移開到哪個方向，相當有啓發性。研究人員已經發現，而且幾乎在任何地方都可以實際測試，當人們向左看時，他們在回憶，而當他們向右看時，他們在思索。就和所有的科學發現一樣，這個發現可能可以告訴你一些事情。下次你的男友不在，而你問他去哪裡時，看著他的眼睛，如果當他回答時，眼睛往左上方看，你就知道他正試著在回憶，但如果他的眼睛滑向右下方，你就知道，可能會有謊言出現了。

　　** ***look away*** 轉移目光　　direction〔dəˋrɛkʃən〕*n.* 方向
　　look up 往上看　　slide〔slaɪd〕*v.* 滑行

1. (**B**)　(A) 考試　　　　　　(B) 對話
　　　　　(C) expression〔ɪkˋsprɛʃən〕*n.* 表達方式
　　　　　(D) investigation〔ɪn‚vɛstəˋgeʃən〕*n.* 調查

2. (**A**)　「聆聽的人」即是 "the person ***who is being spoken to***"，
　　　　　選 (A)。

3. (**A**)　依句意，「輪到」他的時候，要用 it is his ***turn***，選 (A)。
　　　　　(B) 帳單，(C) 座位，(D) 案例，句意均不合。

4. (**A**)　(A) ***alternately***〔ˋɔltənɪtlɪ〕*adv.* 交替地
　　　　　(B) alternatively〔ɔlˋtɝnətɪvlɪ〕*adv.* 二選一地
　　　　　(C)、(D) 均爲錯字。

5. (**D**) 空格引導形容詞子句，修飾先行詞 direction，子句中原
應填入 in the direction，重複部份以關代 which 代替，
故本題選 (D) *in which*。

6. (**B**) (A) considerable〔kən'sɪdərəbḷ〕*adj.* 相當多的
(B) *revealing*〔rɪ'vilɪŋ〕*adj.* 有啓發性的；顯示某些事情的
(C) remarkable〔rɪ'mɑrkəbḷ〕*adj.* 顯著的；了不起的
(D) 好笑的

7. (**C**) (A) literarily〔'lɪtə,rɛrəlɪ〕*adv.* 文學上地
(B) literately〔'lɪtərɪtlɪ〕*adv.* 有讀寫能力地；識字地
(C) *literally*〔'lɪtərəlɪ〕*adv.* 實際上；眞正地
(D) literature〔'lɪtərətʃə〕*n.* 文學

8. (**D**) (A) advancement〔əd'vænsmənt〕*n.* 前進；進步
(B) 發明
(C) progress〔'prɑgrɛs〕*n.* 進步
(D) *discovery*〔dɪ'skʌvərɪ〕*n.* 發現

9. (**B**) 空格前爲表時間的副詞子句，因此本句爲主要子句，沒有
主詞可見用祈使句，故選 (B) *watch*。

10. (**D**) (A) illustrative〔'ɪləs,tretɪv〕*adj.* 作爲實例的
(B) illusive〔ɪ'lusɪv〕*adj.* 幻想的
(C) delusive〔dɪ'lusɪv〕*adj.* 錯覺的
(D) *deceptive*〔dɪ'sɛptɪv〕*adj.* 欺騙的

TEST 11

Read the following passage, and choose the best answer for each blank from the list below.

An "apple-polisher" is ____1____ who gives gifts to win friendship or special treatment. It is not exactly a bribe, ____2____ is close to it. "Apple-polishing" is as old as human society, but the phrase itself is recent, about 50 years old. It comes from the schoolroom. A long time ____3____, some schoolboys would put a shiny apple on the teacher's desk. They would rub and polish the apple to give it a bright shine, to make it look more tasty. ____4____ a gift, the student hoped, might make the teacher ____5____ her eyes to his poor work and give him a good mark.

There are other phrases meaning the same thing ____6____ "apple-polishing"—"soft-soaping" or "buttering-up." A gift is just one way to "soft-soap" somebody, or to "butter him up." Another ____7____ that is just as effective is flattery, giving someone high praise—telling him how ____8____ he looks, or how well he speaks, or how talented and wise he is. Endless are the ways of flattery. Who does not love to hear it? ____9____ an unusual man can resist the thrill of being told how wonderful he is. In truth, flattery is a good medicine for most of us, who get so ____10____ of it.

1. (A) the one   (B) that
   (C) one   (D) person

2. (A) it   (B) so
   (C) or   (D) but

3. (A) later   (B) after
   (C) since   (D) ago

4. (A) So   (B) With
   (C) By   (D) Such

5. (A) open   (B) shut
   (C) wink   (D) hide

6. (A) as   (B) like
   (C) with   (D) to

7. (A) excuse   (B) experience
   (C) example   (D) phrase

8. (A) greatly   (B) nicely
   (C) good   (D) beautifully

9. (A) How   (B) Such
   (C) While   (D) Only

10. (A) few   (B) little
    (C) less   (D) great

TEST 11 詳解

　　所謂的 "apple-polisher"，就是藉由送禮，來贏得友誼或特別待遇的人。這不完全是一種賄賂，但相當接近了。"apple-polishing"（討好別人）這個行為和人類社會的歷史一樣古老，但這個說法本身比較新穎，大約有五十年左右的歷史。這個說法來自學校教室。很久以前，有些學生會把擦亮的蘋果，放在老師桌上。他們會擦拭蘋果，讓它看起來光亮，看起來更好吃。學生希望這樣一個禮物，也許可以讓老師在批改作業時，閉上眼睛，即使他寫得很差，也給他好的分數。

　　還有其他的說法，和 "apple-polishing" 意思相同——"soft-soaping" 或是 "buttering-up"。禮物正是一種 "soft-soap" 某人，或 "butter 某人 up" 的方法。另外一個同樣有效的例子是奉承諂媚，給某人高度的讚美——告訴他他有多好看，或他多麼會說話，或他多麼有才華、有智慧。諂媚的方法無數多，誰不喜歡聽呢？只有不尋常的人，才能在別人稱讚他他有多麼好時，忍住那份興奮感。事實上，諂媚對我們大多數人而言，是一種良藥，而我們得到的都太少了。

　　** apple-polish〔ˈæpḷˌpɑlɪʃ〕*v.* 討好（某人）
　　bribe〔braɪb〕*n.* 賄賂　　shiny〔ˈʃaɪnɪ〕*adj.* 發亮的
　　rub〔rʌb〕*v.* 摩擦；擦拭　　polish〔ˈpɑlɪʃ〕*v.* 擦亮
　　soft-soap〔ˈsɔftˈsop〕*v.* 諂媚　　***butter up*** 諂媚
　　effective〔əˈfɛktɪv〕*adj.* 有效的
　　flattery〔ˈflætərɪ〕*n.* 諂媚；奉承
　　resist〔rɪˈzɪst〕*v.* 抵抗；忍住
　　thrill〔θrɪl〕*n.* 興奮；戰慄　　***in truth*** 事實上

1. (**C**) 主詞 an "apple-polisher" 不是特定對象，故補語不需要定冠詞，選 (C) a person (D) 應改成 a person 或 one person。

2. (**D**) 依句意，前後句意有轉折，選 (D) *but*。

3. (**D**) 根據句意，「以前」應選 (D) *ago*。(A) a long time later 表「很久之後」，句意不合。(B) after 和 (C) since，不放在 a long time 之後。

4. (**D**) 「這樣的人物，選 (D) *Such*。

5. (**B**) 依句意選 (B)。(A) 睜開，(C) wink〔wɪŋk〕 *v.* 眨（眼），(D) 不合。

6. (**A**) *the same~as*… 和…

7. (**C**) (A) excuse〔ɪk'skjus〕*n.*
(B) 經驗
(C) *example*〔ɪg'zæmpḷ〕*n.* 範例
(D) phrase〔frez〕*n.* 片語；措辭

8. (**C**) look「看起來~」，其後應接形容詞，做主詞補語，故選 (C) *good*。(A)、(B)、(D) 都應該改成形容詞才對。

9. (**D**) 依句意，「只有」~的人才能…，選 (D) *Only*。

10. (**B**) 依句意，諂媚對我們是良藥，但我們得到的都太少了，前後語氣有轉折，故選 (B) *little*。

TEST 12

Read the following passage, and choose the best answer for each blank from the list below.

   Ordinary ____1____ waves usually spread out ____2____ all directions, ____3____ ultrasonic waves, ____4____ much ____5____, can be sent out in a straight beam. This makes ____6____ possible to pack a great amount of sound energy ____7____ a small space. The high frequency also helps toward putting out more energy.

   An experimenting scientist ____8____ a thin fiber to a vibrating quartz crystal. On the end of this fiber he placed a drop of oil, ____9____ was instantly changed into a little cloud of mist. Snails and small fishes could be killed by putting the vibrating crystal ____10____ an aquarium.

1. (A) cold   (B) long
   (C) sound   (D) medium

2. (A) on   (B) in
   (C) at   (D) for

3. (A) then   (B) thus
   (C) end   (D) but

4. (A) being   (B) to being
   (C) are   (D) to have been

5. (A) great   (B) greater
   (C) short   (D) shorter

6. (A) its   (B) it
   (C) it's   (D) out

7. (A) into   (B) by
   (C) with   (D) on

8. (A) attended   (B) attained
   (C) attacked   (D) attached

9. (A) that   (B) what
   (C) which   (D) in which

10. (A) over   (B) into
    (C) upon   (D) under

TEST 12 詳解

　　普通的音波通常是往四面八方散射，但是，超音波由於波長短得多，可以一直線地放射出來。這樣就可能把大量的音能裝入一個小空間內。高頻率也有助於產生更多的能量。

　　有位做實驗的科學家，把一片薄薄的纖維，繫在振動的石英晶體上。在纖維的末端，他放了一滴油，這滴油立刻化成一小陣的霧。把振動的晶體放進水族箱中，還能夠殺死蝸牛和小魚。

> ** *spread out* 伸展；展開
> ultrasonic〔͵ʌltrəˋsɑnɪk〕*adj.* 超音波的
> ***ultrasonic wave*** 超音波　　***send out*** 放出；發出
> beam〔bim〕*n.* 光線　　pack〔pæk〕*v.* 包裝；裝入
> frequency〔ˋfrikwənsɪ〕*n.*〔物理〕頻率
> ***put out*** 產生　　fiber〔ˋfaɪbɚ〕*n.* 纖維
> vibrate〔ˋvaɪbret〕*v.* 振動　　quartz〔kwɔrts〕*n.* 石英
> crystal〔ˋkrɪstḷ〕*n.* 結晶體
> instantly〔ˋɪnstəntlɪ〕*adv.* 立刻地
> snail〔snel〕*n.* 蝸牛　　aquarium〔əˋkwɛrɪəm〕*n.* 水族箱

1. (**C**) 由後半句中的 ultrasonic waves（超音波）可知，應選
(C) *sound*，形成 sound waves（音波），與之呼應。
(A) cold wave〔氣象〕寒流，(B) long wave〔通訊〕長波，
(D) medium wave〔通訊〕中波，都不合。

2. (**B**) 介系詞 *in* 表方向，作「朝～方向」解，故選 (B)。
in all directions 往四面八方（＝ *in every direction*）

3. (**D**)　由空格前後的 in all directions 和 in a straight beam
　　　可知，是兩種情況在相互對比，故應選 (D) *but*。

4. (**A**)　由 ultrasonic waves 之後的兩個逗點得知，此部分應是
　　　分詞構句，故選 (A) *being*。而 *being* much…是從 *which*
　　　are much…簡化而來。

5. (**D**)　形容「音波」應用「長」「短」，而非「大」「小」，
　　　又 much 是修飾形容詞比較級的副詞，應選 (D) *shorter*。

6. (**B**)　make 的受詞為「不定詞片語」時，其句型為：
　　　make + *it* + 形容詞 + 不定詞片語，it 為虛主詞，
　　　不定詞片語為真正主詞，選 (B)。

7. (**A**)　*pack A into B*　把 A 裝入 B 中 (= *pack B with A*)

8. (**D**)　*attach A to B*　將 A 繫在 B 上
　　　(A) attend〔ə'tɛnd〕v. 參加；伴隨，(B) attain〔ə'ten〕v.
　　　達到，(C) attack〔ə'tæk〕v. 攻擊，句意和句型均不合。

9. (**C**)　由空格前的逗點，和空格後的句子形式可知，空格以下的
　　　部分到 mist 為止，為一補述用法的形容詞子句，補充說明
　　　a drop of oil，應選 (C) *which*。(A) that 不用於補述用法，
　　　(B) what 為複合關代，本身兼具先行詞和關代的作用，在
　　　此不合，(D) 應去掉 in。

10. (**B**)　依句意，應選 (B)，形成 *put A into B*「把 A 放進 B」的
　　　意思才對。

TEST 13

Read the following passage, and choose the best answer for each blank from the list below.

The early facilities at Olympia were meager. The program of events was also _____1_____. Then, in the sixth century B.C., _____2_____ began a great cultural surge that lasted two hundred years. Olympia became a center of Greek culture and the focal point of the Mediterranean world.

The ancient Greeks worshiped the earth and the sun. They valued clarity of mind and youthful vigor. They believed that man's physical prowess and athletic skills should be honored _____3_____ the talents of his mind. Thus, their festivals _____4_____ sports, creative arts and religious ceremonies.

_____5_____ was more important to the Greeks than the Games. Every four years a truce was declared among enemies. The _____6_____ remained in effect for a month. Tens of thousands made the pilgrimage to Olympia. They witnessed running, jumping, throwing, wrestling and equestrian matches. _____7_____ of poetry, drama and music were also held.

Each Greek city-state sent its best men. The athletes sought only victory. Second place was _____8_____ failure. A victory at Olympia was the _____9_____ honor possible in Greece.

When the victors returned home, their cities gave them huge
rewards. Crowds cheered them. Poets wrote odes to their
triumphs, and sculptors _____10_____ them in bronze and stone.

1. (A) abundant   (B) limited
   (C) varied   (D) different

2. (A) there   (B) it
   (C) where   (D) they

3. (A) other than   (B) less than
   (C) instead of   (D) along with

4. (A) combined   (B) are combined
   (C) were combined   (D) combining

5. (A) One thing   (B) Everything
   (C) Nothing   (D) All

6. (A) moratorium   (B) momentum
   (C) warfare   (D) contention

7. (A) Compositions   (B) Contexts
   (C) Confrontations   (D) Contests

8. (A) equal in   (B) equal for
   (C) equal on   (D) equal to

9. (A) least   (B) best
   (C) most   (D) highest

10. (A) immortalized   (B) idealized
    (C) moralized   (D) purified

TEST 13 詳解

　　早期奧林匹亞運動大會的設備十分貧乏，比賽項目也很有限。後來，西元前六世紀時，一波巨大的文化浪潮開始，並持續了二百年。奧林匹亞成爲希臘文化的中心，以及地中海世界的焦點。

　　古希臘人膜拜大地和太陽。他們很重視心靈的純潔，以及年輕的活力。他們認爲人類的體力及運動技能，應該和智力一樣受人尊敬。因此他們的慶典結合了運動、創作藝術以及宗教儀式。

　　對希臘人而言，這個運動大會是最重要的。每隔四年，敵對的國家會宣布停戰。這個停戰宣言的效力可維持一個月。數以萬計的人，會長途跋涉來到奧林匹亞。他們親眼目睹跑步、跳躍、投擲、角力以及騎術各項比賽。詩、戲劇以及音樂等的比賽也會舉辦。

　　每個希臘城邦都會派出最優秀的選手。勝利是運動員追求的唯一目標。得到第二名等於失敗。在奧林匹亞獲得勝利，是在希臘所能獲得的最高榮譽。當這些勝利者凱旋而歸時，所屬的城邦會給予他們豐厚的獎賞。人群會爲他們歡呼，詩人會寫頌詩來歌頌他們的勝利，雕刻家也會在青銅或石頭上，刻下他們勝利的事蹟，讓這些勝利者永垂不朽。

** facility〔fəˋsɪlətɪ〕*n.* 設備
　　Olympia〔oˋlɪmpɪə〕*n.* 奧林匹亞（古希臘人每隔四年在此舉行一次運動大會）　　meager〔ˋmigɚ〕*adj.* 貧乏的；不足的
　　event〔ɪˋvɛnt〕*n.* （比賽）項目
　　surge〔sɝdʒ〕*n.* 洶湧；巨浪
　　focal〔ˋfokḷ〕*adj.* 焦點的　*focal point* 焦點
　　Mediterranean〔͵mɛdətəˋrenɪən〕*adj.* 地中海的

worship〔'wɝʃəp〕*v.* 崇拜

clarity〔'klærətɪ〕*n.* 清晰；純潔

youthful〔'juθfəl〕*adj.* 年輕的

vigor〔'vɪgɚ〕*n.* 體力；活力

prowess〔'prauɪs〕*n.* 勇敢；能力

athletic〔æθ'lɛtɪk〕*adj.* 運動的　　honor〔'anɚ〕*v.* 尊崇

festival〔'fɛstəvḷ〕*n.* 慶祝；節日

creative〔krɪ'etɪv〕*adj.* 創作的

ceremony〔'sɛrə,monɪ〕*n.* 典禮；儀式

truce〔trus〕*n.* 停戰協定

declare〔dɪ'klɛr〕*v.* 宣布　　*in effect* 有效

pilgrimage〔'pɪlgrəmɪdʒ〕*n.* 朝聖之旅；長途跋涉

witness〔'wɪtnɪs〕*v.* 親眼目睹　　wrestling〔'rɛslɪŋ〕*n.* 角力

equestrian〔ɪ'kwɛstrɪən〕*adj.* 馬術的；騎術的

match〔mætʃ〕*n.* 比賽　　*equestrian match* 騎術大賽

seek〔sik〕*v.* 尋求（三態變化爲：seek-sought-sought）

victory〔'vɪktrɪ〕*n.* 勝利　　victor〔'vɪktɚ〕*n.* 勝利者

ode〔od〕*n.* 頌；抒情詩　　triumph〔'traɪəmf〕*n.* 勝利

sculptor〔'skʌlptɚ〕*n.* 雕刻家　　bronze〔branz〕*n.* 青銅

1. (**B**) (A) abundant〔ə'bʌndənt〕*adj.* 豐富的

　　(B) *limited* 有限的

　　(C) varied〔'vɛrɪd〕*adj.* 多變的；各種的

　　(D) 不同的

2. (**A**) 地方副詞 *there* + 表示「存在、生死、來去、事件」的
動詞時，動詞後的名詞才是句子的主詞，選 (A)。

3. (**D**) 依句意，體力「以及」智力都一樣受到尊崇，選 (D) *along with*。(A) 除了～之外、(B) 少於、(C) 而不是，均不合。

4. (**A**) 依句意，動詞應用過去簡單式，而且爲主動語態，故選 (A) *combined*。combine〔kəm'baɪn〕*v.* 結合

5. (**C**) 依句意，「對希臘人而言，沒有什麼事比運動大會更重要」，故選 (C) *Nothing*。

6. (**A**) (A) *moratorium*〔,mɔrə'torɪəm〕*n.* 延期償付；暫緩
   (B) momentum〔mo'mɛntəm〕*n.* 動力
   (C) warfare〔'wɔr,fɛr〕*n.* 戰爭；交戰狀態
   (D) contention〔kən'tɛnʃən〕*n.* 爭論

7. (**D**) (A) composition〔,kampə'zɪʃən〕*n.* 組成
   (B) context〔'kantɛkst〕*n.* 上下文
   (C) confrontation〔,kanfrʌn'teʃən〕*n.* 對抗；敵對
   (D) *contest*〔'kantɛst〕*n.* 比賽

8. (**D**) *be equal to* 與～相等

9. (**D**) *the highest honor* 最高的榮譽

10. (**A**) (A) *immortalize*〔ɪ'mɔrtḷ,aɪz〕*v.* 使不朽
    (B) idealize〔aɪ'diəl,aɪz〕*v.* 理想化
    (C) moralize〔'mɔrəl,aɪz〕*v.* 教化
    (D) purify〔'pjurə,faɪ〕*v.* 淨化

TEST 14

Read the following passage, and choose the best answer for each blank from the list below.

Not so long ago, a fashionable explanation of urban violence was ___1___ density. Comparing clustered people ___2___ trapped rats, some observers argued that crowded cities would turn into urban sinks. They produced statistics that correlated ___3___ of density (such as number of people per residential acre or the average number of individuals per room) with juvenile delinquency, infant ___4___, crime, and other forms of social pathology. The evidence looked good at first, but the theory subsequently ___5___ disrepute. The association between populatio density and pathology disintegrates when income, education, and ethnicity are ___6___ account. Among the poor in America, it is poverty, not crowding per se, that causes crime and other problems. In Tokyo, ___7___ population density exceeds ___8___ any U.S. city, crowding is not ___9___ with social pathology. In spacious Los Angeles, where you can drive for blocks and not see a pedestrian, the crime ___10___ exceeds that of New York.

1. (A) people   (B) citizen
   (C) population   (D) demography

2. (A) by   (B) for
   (C) to   (D) as

3. (A) rates   (B) ranks
   (C) numbers   (D) measures

4. (A) mortality   (B) death
   (C) deaths   (D) mortals

5. (A) ran out of   (B) drew away
   (C) pulled under   (D) fell into

6. (A) within   (B) out of
   (C) brought for   (D) taken into

7. (A) what   (B) where
   (C) there   (D) when

8. (A) that   (B) this
   (C) x   (D) that of

9. (A) affiliated   (B) associated
   (C) subordinated   (D) collaborated

10. (A) scale   (B) proportion
    (C) scene   (D) rate

TEST 14 詳解

　　不久以前，對於都市暴力問題有個時髦的解釋，那就是人口密度高。有些觀察家把群居的人們，比喻成陷入陷阱的老鼠，並認爲擁擠的都市會變成都市污水槽。他們提出統計數字，認爲密度大小（如每一英畝可居住土地上的人口數目，或是每個房間的平均人數等）和少年犯罪、嬰兒死亡率、犯罪，以及其他社會病狀的型態都有關連。乍看之下，這是很好的證據，但是這種理論最後卻陷入惡評。當收入、教育和人種分類都列入考慮時，人口密度和病狀間的關連就瓦解了。在美國的窮人當中，引起犯罪和其他問題的是貧窮，而不是擁擠本身。在東京，人口密度超過任何一個美國城市，但擁擠和社會病狀並無關連。在廣闊的洛杉磯，你會開車經過好幾個街區，而連一個行人也看不到，但犯罪率卻高於紐約。

** fashionable〔'fæʃənəbḷ〕*adj.* 時髦的
　　urban〔'ɝbən〕*adj.* 都市的　　density〔'dɛnsətɪ〕*n.* 密度
　　cluster〔'klʌstə〕*v.* 群聚　　trapped〔træpt〕*adj.* 被困住的
　　observer〔əb'zɝvə〕*n.* 觀察家
　　argue〔'ɑrgjʊ〕*n.* 主張；認爲
　　turn into 變成　　sink〔sɪŋk〕*n.* 污水槽
　　statistics〔stə'tɪstɪks〕*n., pl.* 統計數字
　　correlate〔,kɔrə'let〕*v.* 使相關連
　　residential〔,rɛzə'dɛnʃəl〕*adj.* 居住的
　　acre〔'ekə〕*n.* 英畝　　juvenile〔'dʒuvənḷ〕*adj.* 青少年的
　　delinquency〔dɪ'lɪŋkwənsɪ〕*n.* 犯罪
　　infant〔'ɪnfənt〕*n.* 嬰孩　　pathology〔pə'θɑlədʒɪ〕*n.* 病狀
　　subsequently〔'sʌbsɪ,kwɛntlɪ〕*adv.* 後來（= *later*）
　　disrepute〔,dɪsrɪ'pjut〕*n.* 惡評

association〔ə,sosɪ'eʃən〕n. 關連
disintegrate〔dɪs'ɪntə,gret〕v. 瓦解
ethnicity〔εθ'nɪsətɪ〕n. 人種的分類
poverty〔'pɑvətɪ〕n. 貧窮　　*per se* 本身（= *in itself*）
exceed〔ɪk'sid〕v. 超過　　spacious〔'speʃəs〕adj. 廣闊的
pedestrian〔pə'dεstrɪən〕n. 行人

1.（ **C** ）*population density* 人口密度
　　　(B) citizen〔'sɪtəzṇ〕n. 國民；市民
　　　(D) demography〔dɪ'mɑgrəfɪ〕n. 人口統計

2.（ **C** ）*compare A to B* 把 A 比喻成 B

3.（ **D** ）(A) rate〔ret〕n. 比率
　　　(B) rank〔ræŋk〕n. 階級；社會階層
　　　(C) 數字
　　　(D) *measure*〔'mεʒɚ〕n. 大小

4.（ **A** ）(A) *mortality*〔mɔr'tælətɪ〕n. 死亡率
　　　(D) mortal〔'mɔrtḷ〕adj. 會死的　n. 人類

5.（ **D** ）(A) run out of 用完；耗盡
　　　(B) draw away 退走
　　　(D) *fall into* 陷入

6.（ **D** ）*take into account* 列入考慮

7.（**B**）空格應填關係副詞，引導補述用法的形容詞子句，補充說
明 Tokyo，先行詞為地方，關係副詞應用 *where*，選 (B)。

8.（**D**）同類的事物才能相比較，在此應是東京的「人口密度」，
超過任何美國都市的「人口密度」，故 exceeds 的受詞應
為 *the population density of* any U.S. city，但為避免重
複，用單數代名詞 *that* 代替，故選 (D)。

9.（**B**）(A) affiliated〔əˋfɪlɪ͵etɪd〕*adj.* 附屬的
 (B) *associated*〔əˋsoʃɪ͵etɪd〕*adj.* 有關連的
 be associated with 與～有關
 (C) subordinate〔səˋbɔrdṇ͵et〕*v.* 使居下位
 (D) collaborate〔kəˋlæbə͵ret〕*v.* 合作

10.（**D**）(A) scale〔skel〕*n.* 等級
 (B) proportion〔prəˋporʃən〕*n.* 比例
 (C) scene〔sin〕*n.* 場景　　crime scene 犯罪現場
 (D) *crime rate* 犯罪率

【劉毅老師的話】
　　空格如果落在一個句子的主要動
詞上，請注意時態、單複數、主被動三
個重點，同樣的概念也適用於造句、寫
作文。

TEST 15

Read the following passage, and choose the best answer for each blank from the list below.

Hazards from Nuclear Power

There are three separate sources of hazard in the process of supplying energy by nuclear power.

First, the radioactive material must travel from its place of manufacture to the power station. Although the power stations themselves are solidly built, the containers used in the transport of the materials are not. There are normally only two methods of transport available, namely road or rail.

Unfortunately, both of these involve close contact with the general public, ____1____ the routes are sure to pass near, or even through, heavily populated areas.

____2____, there is the problem of waste. All nuclear power stations produce wastes that in most cases will remain radioactive for thousands of years. It is impossible to make these wastes nonradioactive, and ____3____ they must be stored in one of the inconvenient ways that scientists have invented.

____4____, they may be buried under the ground, or dropped into abandoned mines, or sunk in the sea. ____5____, these methods do not solve the problem, ____6____ an earthquake could easily crack the containers open.

____7____, there is the problem of accidental exposure due to a leak or an explosion at the power station. As with the other two hazards, this is not very likely, ____8____ it does not provide a serious objection to the nuclear program. ____9____, it can happen.

Separately, these three types of risks are not a great cause for concern. Taken together, ____10____, the probability of disaster is extremely high.

1. (A) since (B) though
   (C) whereas (D) as if

2. (A) Third (B) Second
   (C) In that case
   (D) In other words

3. (A) because (B) so
   (C) after (D) while

4. (A) Besides
   (B) On the contrary
   (C) After all
   (D) For example

5. (A) By the way   (B) Lastly
   (C) However   (D) As a result

6. (A) though   (B) as
   (C) after   (D) if

7. (A) Third
   (B) For instance
   (C) In conclusion
   (D) That is to say

8. (A) or   (B) instead
   (C) namely   (D) so

9. (A) Although   (B) Nevertheless
   (C) Therefore   (D) Similarly

10. (A) although   (B) even though
    (C) though   (D) hence

TEST 15 詳解

核能的危險

核能電力的供應過程中，有三種不同的危險來源。

首先，放射性原料必須從製造地點運送到發電廠。雖然發電廠本身建造很堅固，但運輸這些原料的容器可沒有。而且通常只有兩種運輸方法可選擇，也就是公路或鐵路。

不幸的是，這兩種方法都和一般大眾密切接觸，因為這些路線一定都會通過靠近人口稠密區，或甚至穿過這些地區。

其次是核廢料的問題。所有的核能發電廠都會產生核廢料，而在大多數的情況下，這些核廢料的輻射性，可以維持數千年之久。要使這些廢料變得沒有輻射性是不可能的，因此它們必須以科學家所發明的方法貯存起來，而這些方法都是很不方便的。例如，它們可以被埋在地底下、倒進廢棄的礦坑，或沉到海底去。然而，這些方法並不能真正解決這個問題，因為一次地震就可能輕易地把那些容器震開。

第三，核能電廠如果有裂縫或發生爆炸，就會產生輻射線外洩的問題。正如另外二種危險一樣，這也不太可能發生，因此，它對核能計劃並不構成嚴重的反對理由，然而它還是可能會發生。

分開來看，這三種危險並不怎麼令人擔憂，但合起來看，大災難發生的可能性就極高了。

** hazard〔'hæzɚd〕*n.* 危險　　nuclear〔'nuklɪɚ〕*adj.* 核子的
power〔'pauɚ〕*n.* 動力　　source〔sors〕*n.* 來源
radioactive〔,redɪo'æktɪv〕*adj.* 放射性的
manufacture〔,mænjə'fæktʃɚ〕*n.* 製造
power station 發電廠　　solidly〔'salɪdlɪ〕*adv.* 堅固地
container〔kən'tenɚ〕*n.* 容器
transport〔'træns,port〕*n.* 運輸；運送
namely〔'nemlɪ〕*adv.* 也就是
involve〔ɪn'valv〕*v.* 包含；牽涉到
contact〔'kantækt〕*n.* 接觸　　*the general public* 一般大衆
route〔rut〕*n.* 路線　　populate〔'papjə,let〕*v.* 居住
bury〔'bɛrɪ〕*v.* 埋葬　　abandoned〔ə'bændənd〕*adj.* 廢棄的
mine〔maɪn〕*n.* 礦坑　　crack〔kræk〕*v.* 打開；打破
exposure〔ɪk'spoʒɚ〕*n.* 暴露　　leak〔lik〕*n.* 外洩
explosion〔ɪk'sploʒən〕*n.* 爆炸
objection〔əb'dʒɛkʃən〕*n.* 反對 <*to*>
disaster〔dɪz'æstɚ〕*n.* 災禍

1. (**A**) 依句意，這兩種方法都和一般大衆密切接觸，「因爲」路
線會通過人口稠密區，選 (A) *since*。(B) 雖然，(C) 然而，
(D) 好像，均不合。

2. (**B**) 前兩段中，已經將核能第一個危險來源介紹完，因此接下
來本段應該介紹「第二個」，選 (B) *Second*。
(C) in that case 那樣的話；在那種情形之下
(D) in other words 換句話說

3. (**B**) 依句意，前後兩子句爲「因果」關係，故選 (B) *so*，做
「因此」解。

TEST 15 詳解 *71*

4. (**D**) 被埋在地底下、倒進廢棄的礦坑等，都是前者所提的方法
之一，可見這裡爲「舉例說明」，故選 (D) *For example*。
(A) besides 此外，(B) on the contrary 相反地，
(C) after all 畢竟，均不合。

5. (**C**) 依句意，前後兩子句語氣有轉折，故選 (C) *However*，做
「然而」解。(A) by the way 順便一提，用於要突然改變
話題時，(B) lastly 最後，(D) as a result 因此，均不合。

6. (**B**) 依句意，這些方法仍不能解決問題，「因爲」地震就可能
把容器震開，選 (B) *as*。

7. (**A**) 依句意本段介紹「第三個」危險，選(A) *Third*。
(B) for instance 例如 (= *for example*)
(C) in conclusion 總之
(D) that is to say 也就是說

8. (**D**) *As~, so…* 正如~，也…。
(A) instead 〔 ɪn'stɛd 〕 *adv.* 取而代之；相反地
(C) namely 〔'nemlɪ 〕 *adv.* 也就是

9. (**B**) 依句意，前後兩子句語氣有轉折，選 (B) *Nevertheless*，
做「然而」解，相當於 However。
(D) similarly 〔'sɪmələ˙lɪ 〕 *adv.* 同樣地

10. (**C**) 前後兩句話語氣轉折，但爲兩獨立子句，不需要連接詞，
故選 (C) *though*，在此爲副詞，做「但是；可是」解。
(A) although「雖然」，(B) even though「即使」，均爲
連接詞，文法不合，(D) hence「因此」，句意不合。

TEST 16

Read the following passage, and choose the best answer for each blank from the list below.

The most ____1____ spoken language in the world is English. Many people understand and use it ____2____ the world.

Indeed, English is a very important and ____3____ language. If we know English, we can travel anywhere and we will have no difficulty making ____4____. English is greatly used in the ____5____ of all kinds of ____6____. Several books ____7____ in English every day to teach people many useful things. The English language has therefore helped to spread ____8____ to all parts of the world.

English has also served to ____9____ the different peoples of the world by helping them to communicate with ____10____.

1. (A) closely   (B) widely

   (C) rarely   (D) largely

2. (A) in   (B) through

   (C) within   (D) throughout

3. (A) probable   (B) difficult

   (C) useful   (D) eventual

4. (A) ourselves understood

   (B) them understand

   (C) them understood

   (D) us understand people

5. (A) knowledge   (B) study

   (C) education   (D) topics

6. (A) learning   (B) schools

   (C) stuff   (D) subjects

7. (A) were written   (B) are written

   (C) are writing   (D) have written

8. (A) news   (B) facts

   (C) knowledge   (D) English

9. (A) put together   (B) get together

   (C) bring together   (D) work together

10. (A) every one   (B) one another

   (C) the others   (D) others

TEST 16 詳解

　　英文是世界上使用最為廣泛的語言，全世界有許多人都懂得使用英文。

　　事實上，英文是相當重要而且有用的語言。如果我們懂英文，便可四處旅遊，而沒有任何溝通上的困難。英文還經常被使用在各種學科的研究上。每天都有書籍用英文寫成，教大家許多有用的事物。因此，英文便有助於傳布知識到世界各地。

　　此外，英文還可幫助世界上不同種族的人民彼此溝通，因而使人們結合在一起。

** ***have difficulty (in) + V-ing*** 做～有困難
　　spread〔sprɛd〕*v.* 傳布　　serve〔sɝv〕*v.* 作為～之用
　　communicate〔kəˈmjunəˌket〕*v.* 溝通

1. (**B**) (A) closely〔ˈkloslɪ〕*adv.* 接近地
　　　　(B) ***widely***〔ˈwaɪdlɪ〕*adv.* 廣泛地
　　　　(C) rarely〔ˈrɛrlɪ〕*adv.* 很少；罕見地
　　　　(D) largely〔ˈlɑrdʒlɪ〕*adv.* 大量地；主要地

2. (**D**) ***throughout the world*** 全世界
　　　　(A) in the world 全世界，通常與最高級連用，在此不合。

3. (**C**) 由下文可知，懂得英文則可通行無阻，故英文是「有用的」語言，選 (C) ***useful***。(A) 可能的，(B) 困難的，(D) eventual〔ɪˈvɛntʃuəl〕*adj.* 最後的，句意均不合。

4. (**A**) *make oneself understood* 表達清楚，使他人了解自己，故選 (A)，表示「使別人了解我們」。

5. (**B**) (B) *study* 在此當成名詞，解釋成「仔細的研討」。連同下題一同解釋爲「各項科目的探討學習上」。

6. (**D**) (D) *subject* 〔ˋsʌbdʒɪkt 〕 *n.* 學科；科目

7. (**B**) 本句缺乏動詞，而且書籍是「被」寫成的，故應用被動語態。本文討論的是一般的事實，需用現在式，故選 (B) *are written*。

8. (**C**) 由上句「英文可教給大家許多有用的事物」可知，英文有助於「知識」的傳布，選(C) *knowledge*。而 (A) 新聞，(B) 事實，均無法與上句「有用的事物」配合。

9. (**C**) (A) 組合　(B) 聚集　(C) 結合　(D) 一起工作

10. (**B**) 根據句意，應是「彼此」溝通，故選 (B) *one another*。

【劉毅老師的話】

　　克漏字測驗屬於綜合題型，有**文意**、**文法**、**組織**等題型，學習另有中高級系列叢書「中高級英文法 480 題」，幫助讀者征服克漏字文法難關。

TEST 17

Read the following passage, and choose the best answer for each blank from the list below.

Up until a couple of years ago, the Christmases I have known have been in ____1____ of fir tree and pine. The same is true of my wife, who is a New Englander and whose Christmases have been observed in a cold setting, Bostonian in design. But times change, circumstances alter, health glides slowly ____2____, and there is, of course, Christmas in lands of palm tree and vine—which is what we were ____3____ last year. Our last Christmas was spent in a rented house on the edge of a canal in Florida, ____4____ called a bayou.

I knew there would have to be certain adjustments, emotional and physical, to this ____5____ in ceremony, but I guess I was not quite prepared for them and had not really ____6____. It was obvious to both of us that we were not looking forward ____7____ away from home at Christmas, but I busied myself with road maps and thermos arrangements and kept my mind off the Nativity. We arrived in Florida tired from the long motor journey but essentially cheerful and ____8____ for anything.

The house we walked into had been engaged ____9____,
and this is always fun and full of jolts, like a ride at an
amusement park. Our pleasure palace was built of cinder
blocks and was painted shocking pink. The house itself, we
soon discovered, was wonderfully supplied with modern
____10____-saving appliances and almost completely bare
of any other sort of furnishing.

1. (A) soils   (B) lands
    (C) plots   (D) fields

2. (A) up   (B) off
    (C) downhill   (D) upstream

3. (A) up   (B) against
    (C) up against   (D) up front

4. (A) locally   (B) narrowly
    (C) strikingly   (D) profoundly

5. (A) diversion   (B) shift
    (C) conversion   (D) motivation

6. (A) figured it
    (B) figured out of them
    (C) figured them out
    (D) figured out of it

7. (A) to be   (B) to go

    (C) to stay   (D) to being

8. (A) ready   (B) good

    (C) settled   (D) longed

9. (A) sight unseen

    (B) seeing sight

    (C) within sight

    (D) out of sight

10. (A) power   (B) labor

    (C) weight   (D) strength

TEST 17 詳解

　　直到幾年前，我所知的耶誕節，都是在樅樹和松樹生長的地方度過的。同樣的情形也適用於我太太，她來自新英格蘭，一直是在波士頓風格的寒冷環境中過耶誕節。但是時代在變，情勢在變，我們的健康逐漸走下坡，當然也有了在棕櫚樹和葡萄藤生長的地方度耶誕節的經驗——這正是我們去年所遭遇的。我們去年的耶誕節，是在佛羅里達一條運河，當地稱為灣流的河畔，一間租來的房子中度過的。

　　我知道對於這種過節方式的改變，在感情上和身體上，都會有某些適應上的問題，但是我想我並沒有做好相當的準備，也沒有真正去了解。很明顯地，我們倆並不期待在耶誕節時離開家，但是我讓自己忙於道路地圖，和熱水瓶的安排，完全不去想耶誕節。我們到了佛羅里達時，因為漫長的車程早就累壞了，但基本上很愉快，準備好接受任何事了。

　　我們走進的那間房子，是沒有事先看過就預定下來的，這樣總是很有趣、充滿驚奇，像是在遊樂場坐遊園車一樣。我們這座娛樂宮殿是用煤渣磚蓋的，漆成極鮮豔的粉紅色。我們很快就發現房子本身配備有現代化的省力用品，其他家具則完全幾乎沒有。

** fir〔fɝ〕*n.* 樅樹（用來做耶誕樹）　　pine〔paɪn〕*n.* 松樹
be true of 適用於　　observe〔əbˈzɝv〕*v.* 遵守；過（節）
circumstance〔ˈsɝkəmˌstæns〕*n.* 情況

alter〔ˋɔltɚ〕*v.* 改變　　glide〔glaɪd〕*v.* 滑行；溜走

palm〔pɑm〕*n.* 棕櫚樹　　vine〔vaɪn〕*n.* 葡萄藤

on the edge of ~　在~的邊緣　　canal〔kəˋnɛl〕*n.* 運河

bayou〔ˋbaɪu〕*n.* 〔美國南方〕(沼澤狀的) 灣流；支流

adjustment〔əˋdʒʌstmənt〕*n.* 適應；調整

ceremony〔ˋsɛrəˏmonɪ〕*n.* 儀式；典禮

busy *oneself* ***with*** 忙於　　thermos〔ˋθɝməs〕*n.* 熱水瓶

arrangement〔əˋrendʒmənt〕*n.* 安排

keep *one's* ***mind off*** ~　不去想~

Nativity〔neˋtɪvətɪ〕*n.* 耶穌的誕生；耶誕節

engage〔ɪnˋgedʒ〕*v.* 預定　　jolt〔dʒolt〕*n.* 震驚

amusement park 遊樂園　　cinder〔ˋsɪndɚ〕*n.* 煤渣

cinder block 煤渣磚　　shocking〔ˋʃɑkɪŋ〕*adj.* 驚人的

shocking pink 極鮮豔的粉紅色

appliance〔əˋplaɪəns〕*n.* 用品

bare〔bɛr〕*adj.* 沒有 < *of* >　　sort〔sɔrt〕*n.* 種類

furnishing〔ˋfɝnɪʃɪŋ〕*n.* 家具

1. (**B**)　(A) soil〔sɔɪl〕*n.* 土壤

　　　　(B) ***land***〔lænd〕*n.* 土地

　　　　(C) plot〔plɑt〕*n.* 小塊土地

　　　　(D) field〔fild〕*n.* 田野

2. (**C**)　(C) ***downhill***〔ˋdaʊnˏhɪl〕*adv.* 〔比喻〕每下愈況

　　　　(D) upstream〔ˏʌpˋstrim〕*adv.* 逆流地；向上游

3. (**C**)　(C) ***up against*** 面對；遭遇 (困難、障礙等)

　　　　(D) up front 最前面地；公開地

4. (**A**)　(A) *locally* 〔'lokəlɪ〕 *adv.* 在地方上；在當地

　　　　　(B) narrowly 〔'nærolɪ〕 *adv.* 狹窄地；勉強地

　　　　　(C) strikingly 〔'straɪkɪŋlɪ〕 *adv.* 明顯地

　　　　　(D) profoundly 〔prə'faʊndlɪ〕 *adv.* 深深地

5. (**B**)　(A) diversion 〔də'vɝʒən〕 *n.* 轉向

　　　　　(B) *shift* 〔ʃɪft〕 *n.* 改變；轉變

　　　　　(C) conversion 〔kən'vɝʃən〕 *n.* 信仰的改變

　　　　　(D) motivation 〔ˌmotə'veʃən〕 *n.* 刺激

6. (**C**)　*figure out* 理解，受詞為代名詞時，應放在 figure 和 out 之間，故選 (C) *figure them out*。

7. (**D**)　*look forward to* + *N/V-ing* 期待

8. (**A**)　*be ready for* 準備好～

　　　　　(B) be good for 有效的；適合的

　　　　　(C) settled 〔'sɛtḷd〕 *adj.* 穩定的；確定的

　　　　　(D) long for + N 渴望

9. (**A**)　The house (*which*) *we walked into* had been engaged *sight unseen*. 其中 sight unseen 是一個表附帶狀態的獨立分詞構句，原先的句子應是 *and sight was unseen*，此句的意思為：「我們所走進的屋子是未經事先看過就訂下來的。」

10. (**B**)　labor-saving 〔'lebɚˌsevɪŋ〕 *adj.* 省力的

　　　　　(A) 力量、(C) 重量、(D) 體力，均無此用法。

TEST 18

Read the following passage, and choose the best answer for each blank from the list below.

Doctors frequently tell their ____1____, "Quit smoking."
This advice is sensible from several standpoints, ____2____
health, money, and cleanliness. Many governments are
actively carrying out ____3____ campaigns. ____4____, our
government has lifted the ban on cigarette imports under
pressure from abroad. Because of the popularity of imported
goods in our society, many young people regard the use of
foreign-produced cigarettes as a ____5____ symbol. This
tendency explains why imported cigarettes have been ____6____
quick sales since the ban was lifted. This sad situation should
not be allowed to deteriorate. The government, the press,
school authorities and parents all have a duty to ____7____
the young from the dangers of smoking. By far the most urgent
step to be taken is ____8____. And in this regard it is worth
pointing out that both students and their parents need to be
enlightened as to the hazards smoking poses to one's health
and life. Most children ____9____ the habit of smoking because
their parents are smokers. The government can win more
public support if it makes more serious effort to reduce
smoking ____10____ the country's youth.

1. (A) patients   (B) customers
   (C) patrons   (D) consumers

2. (A) except that   (B) such as
   (C) for an instant   (D) the instant

3. (A) anti-smoking   (B) pro-smoking
   (C) extra smoking   (D) for smoking

4. (A) Significantly   (B) Delightfully
   (C) Ironically   (D) Consequently

5. (A) statute   (B) stature
   (C) statue   (D) status

6. (A) enjoyed   (B) enjoying
   (C) enjoy   (D) enjoys

7. (A) protect   (B) deprive
   (C) prevent   (D) detect

8. (A) penalty   (B) prohibition
   (C) education   (D) examination

9. (A) need   (B) are
   (C) require   (D) acquire

10. (A) among   (B) for
   (C) of   (D) with

TEST 18 詳解

　　醫生經常告訴他們的病人要戒煙，這個忠告就數個觀點來看，如健康、金錢、和清潔等，都非常明智。許多政府都在積極推動反煙運動，諷刺的是，我們的政府卻在外國的壓力之下，解除了香煙進口的禁令。而且在我們的社會中，因為進口商品受歡迎，許多年輕人將抽進口香煙視為一種地位的象徵。這種傾向解釋了，自從禁令解除以來，進口香煙銷售量快速成長的原因。這個令人憂傷的情況，不該被允許再惡化下去了。政府、媒體、學校和家長，都有責任保護年輕人，不受抽煙的危害。目前最迫切需要採取的一步是教育。在這一方面，值得一提的是，學生和家長們都必須告知，抽煙對健康和生命所造成的危害。大部分的兒童會養成抽煙的習慣，是因為他們的父母抽煙。政府如果能夠更加認真努力，減少國內青少年抽煙的現象，就可以贏得大眾更廣泛的支持。

** sensible〔'sɛnsəbḷ〕*adj.* 明智的
　　standpoint〔'stænd,pɔɪnt〕*n.* 立場；觀點
　　cleanliness〔'klɛnlɪnɪs〕*n.* 清潔　　　***carry out*** 執行
　　campaign〔kæm'pen〕*n.* 運動　　　lift〔lɪft〕*v.* 解除（禁令）
　　ban〔bæn〕*n.* 禁令 < *on* >　　　symbol〔'sɪmbḷ〕*n.* 象徵
　　tendency〔'tɛndənsɪ〕*n.* 傾向
　　deteriorate〔dɪ'tɪrɪə,ret〕*v.* 惡化
　　the press 新聞界；媒體　　　***by far*** 顯然；最為
　　urgent〔'ɝdʒənt〕*adj.* 迫切的　　　***in this regard*** 關於這一點
　　enlighten〔ɪn'laɪtṇ〕*v.* 啟迪　　　hazard〔'hæzɚd〕*n.* 危險
　　pose〔poz〕*v.* 提出（問題）；造成（危險）

1. (**A**) (A) 病人   (B) 顧客
       (C) patron〔'petrən〕 *n.* 贊助人
       (D) consumer〔kən'sumɚ〕 *n.* 消費者

2. (**B**) 此處為舉例之用，故選 (B) *such as*。
       instant〔'ɪnstənt〕 *n.* 瞬間，在此不合。

3. (**A**) *anti-smoking campaign* 戒煙運動

4. (**C**) (A) significantly〔sɪg'nɪfəkəntlɪ〕 *adv.* 意義深遠地
       (B) delightfully〔dɪ'laɪtfəlɪ〕 *adv.* 愉快地
       (C) *ironically*〔aɪ'rɑnɪk!ɪ〕 *adv.* 諷刺地
       (D) consequently〔'kɑnsə,kwɛntlɪ〕 *adv.* 結果

5. (**D**) (A) statute〔'stætʃut〕 *n.* 法令
       (B) stature〔'stætʃɚ〕 *n.* 身材
       (C) statue〔'stætʃu〕 *n.* 雕像
       (D) *status*〔'stetəs〕 *n.* 地位；身分

6. (**B**) 表從過去某時開始，一直繼續到現在，且仍在進行的動作，
       用現在完成進行式 have + been + V-ing，選 (B) *enjoying*。

7. (**A**) (A) 保護   (B) deprive〔dɪ'praɪv〕 *v.* 剝奪
       (C) 預防；避免   (D) detect〔dɪ'tɛkt〕 *v.* 偵測

8. (**C**) (A) penalty〔'pɛn!tɪ〕 *n.* 處罰
       (B) prohibition〔,proə'bɪʃən〕 *n.* 禁止
       (C) 教育   (D) 考試

9. (**D**) 表示「養成」習慣，選 (D) *acquire*。

10. (**A**) 表示「在～之間」，選 (A) *among*。

TEST 19

Read the following passage, and choose the best answer for each blank from the list below.

Dear Mom and Dad,   June 22

I received your letter last week. ___1___ was great to hear all the family news.

I had a ___2___ busy week. My English exam was pretty difficult, ___3___ I think I did well. On Saturday Gino and I had a birthday party ___4___ our friend Liz at our favorite restaurant, the Roma. It was a surprise, ___5___ we didn't tell her about it. All of our friends had to remember to keep it a secret.

Everybody came to the Roma in the afternoon. We had to stay in the kitchen and wait for Liz and keep ___6___. Liz's friend, Dave, asked her to go to dinner with him at the Roma that night. They arrived at the restaurant at 7:30. After they sat down, we ___7___ all the lights and everybody came out of the kitchen ___8___ "Happy Birthday." Liz was really ___9___. We gave her a lot of nice gifts and ___10___ a birthday cake. Everybody danced and ate pizza and had a great time. I'm sending you a picture of the party with this letter.

Give my love to all, and please send me some more pictures!

Love,
Christina

1. (A) I   (B) He
   (C) There   (D) It

2. (A) reality   (B) really
   (C) so   (D) such

3. (A) and   (B) but
   (C) because   (D) so

4. (A) to   (B) by
   (C) for   (D) on

5. (A) though   (B) but
   (C) before   (D) so

6. (A) quiet   (B) quieting
   (C) quieted   (D) quietly

7. (A) turned off   (B) turned in
   (C) opened   (D) closed

8. (A) sing   (B) sang
   (C) sung   (D) singing

9. (A) surprise   (B) surprises
   (C) surprising   (D) surprised

10. (A) serve   (B) serves
    (C) served   (D) serving

TEST 19 詳解

六月二十二日

親愛的爸爸媽媽：

我收到你們上星期的來信了，很高興能聽到所有家裡的消息。

我這個星期過得非常忙碌。我的英文測驗相當困難，但我想我考得不錯。星期六，吉諾和我，爲我們的朋友莉絲，在我們最喜歡的 Roma 餐廳，辦了生日宴會。這是個驚喜，所以我們都沒有告訴她，所有的朋友都記得要保守秘密。

當天下午大家都到了 Roma 餐廳，我們得待在廚房裡等莉絲，並且保持安靜。莉絲的朋友大衛，邀請莉絲，那天晚上和他一起到 Roma 餐廳吃晚餐，他們在七點半到達餐廳。等他們就座後，我們把所有的燈光關掉，大家從廚房走出來，唱著生日快樂歌。莉絲眞的很訝異。我們送給她很多很棒的禮物，也送上一個生日蛋糕。我在信裡也附寄一張宴會的照片。

請代我問候大家，同時再多寄一些照片給我！

愛你們的克莉絲汀娜

** pretty〔ˈprɪtɪ〕*adv.* 相當地
do well（考試）考得好　　*keep a secret* 保守秘密
give my love to~ 代我問候~

1. (**D**) 眞正主詞爲 to hear…news，故空格應用虛主詞，選 (D) *It*。

2.（**B**）busy 是形容詞，應用副詞 *really* 修飾，選 (B)。
　　　(C) 應改成 so busy a week，(D) 要用 such a busy week。

3.（**B**）根據兩子句的敘述相反，應用反義連接詞 *but*，選 (B)。

4.（**C**）根據句意，應以介系詞 *for* 來表「為了」，選 (C)。

5.（**D**）連接詞 *so*「所以」表結果，選 (D)。

6.（**A**）keep 在此作「保持」解，後面應接形容詞做補語，故
　　　選 (A) *quiet*。

7.（**A**）依句意，應選 (A) *turn off* 關掉。表示「打開」或「關掉」
　　　電燈，不可用 open 和 close。(B) turn in 提出；歸還，句
　　　意不合。

8.（**D**）*singing* "Happy Birthday"在此作子句的主詞補語，表示
　　　與 came out of the kitchen 同時進行的動作，選 (D)。

9.（**D**）surprise「使驚訝」，為情感動詞，現在分詞和過去
　　　分詞均可做形容詞，以人為主詞時，要用過去分詞，
　　　故選 (D) *surprised*。

10.（**C**）由前面的 gave 可知，serve 也要用過去式，故
　　　選 (C) *served*，serve 在此做「上（菜）」解。

TEST 20

Read the following passage, and choose the best answer for each blank from the list below.

The problem of runaway youths has become a major national concern. About 500,000 ___1___ run away from home each year. They are ___2___ to fend for themselves adequately, and in many ___3___ they are only 12 to 14 years old, which means they cannot legally ___4___ a job. Even if they were capable of holding their own in the world, their ___5___ to do so is slim since pimps and hustlers ___6___ them in the bus stations of cities they are running to. They lure the ___7___ teens by promising them food, shelter, and money, but they then torture ___8___ physically and emotionally. This is true for ___9___ girls and boys. Those adolescents suffer untold damage to their minds and bodies and cannot escape the ___10___ situation they are in as they are constantly watched and, in effect, held hostage by those who took them off the streets.

1. (A) adolescents   (B) advisers
   (C) advocates   (D) aborigines

2. (A) ill-advised   (B) ill-equipped
   (C) ill-treated   (D) ill-fated

3. (A) countries   (B) cases
   (C) homes   (D) occasions

4. (A) change   (B) do
   (C) hold   (D) practice

5. (A) responsibility   (B) ability
   (C) personality   (D) opportunity

6. (A) attack   (B) awake
   (C) await   (D) assure

7. (A) unsuspecting   (B) unsuspected
   (C) unsuspect
   (D) being unsuspected

8. (A) him   (B) her
   (C) them   (D) that

9. (A) either   (B) neither
   (C) both   (D) every

10. (A) terrific   (B) terrible
    (C) wonderful   (D) terrified

TEST 20 詳解

　　年輕人逃家的問題，已成為一個全國關切的主要話題。每年約有五十萬名青少年逃家。他們的能力不足以自力更生，而且在多數案例中，他們的年齡只有十二到十四歲間，也就是說，仍不能合法擁有一份工作。即使他們真能夠謀生，這樣的機會也不大，因為在他們會去的各市區公車站那兒，有老鴇和騙子等著他們。他們誘惑這群毫不起疑的青少年，答應給他們食物、住處和金錢，但後來卻在肉體上和心靈上折磨他們，這個情形男孩女孩都有。這些青少年的身心都受著無法說出的苦，而且已無法逃離他們身處的這個悲慘的困境，因為他們一直被那些把他們從街頭帶回來的人監視著，事實上，是被扣押著。

　　** runaway〔'rʌnə،we〕adj. 逃家的
　　run away from 逃離～　　***fend for oneself*** 自力更生
　　adequately〔'ædəkwɪtlɪ〕adv. 足夠地
　　slim〔slɪm〕adj.（機會）微弱的　　pimp〔pɪmp〕n. 老鴇
　　hustler〔'hʌslə〕n. 騙徒　　lure〔lʊr〕v. 誘惑
　　shelter〔'ʃɛltə〕n. 庇護所　　torture〔'tɔrtʃə〕v. 折磨
　　untold〔ʌn'told〕adj. 未說出的；無限的
　　constantly〔'kɑnstəntlɪ〕adv. 一直
　　in effect 實際上　　hostage〔'hɑstɪdʒ〕n. 人質
　　hold sb. ***hostage*** 扣押某人為人質

1.（**A**）(A) ***adolescent***〔،ædḷ'ɛsṇt〕n. 青少年
　　　　(B) adviser〔əd'vaɪzə〕n. 顧問；指導者
　　　　(C) advocate〔'ædvəkɪt〕n. 提倡者
　　　　(D) aborigine〔،æbə'rɪdʒəni〕n. 原住民

2. (**B**) 依句意，青少年「能力不足以」自力更生，應選 (B) ***ill-equipped***，equip〔ɪˈkwɪp〕*v.* 使具有（能力、學問等）。
(A) ill-advised 不智的，(C) ill-treated 被虐待的，
(D) ill-fated 不幸的，均不合。

3. (**B**) (A) 國家　　(B) 案例　　(C) 家庭
(D) occasion〔əˈkeʒən〕*n.* 場合；時機

4. (**C**)「擁有」一份工作，動詞用 ***hold***，選 (C)。
(A) 改變，(B) 做，(D) 實行，用法均錯誤。

5. (**D**) (A) 責任　　(B) 能力　　(C) 人格；個性　　(D) 機會

6. (**C**) (A) attack〔əˈtæk〕*v.* 攻擊
(B) awake〔əˈwek〕*v.* 喚醒
(C) ***await***〔əˈwet〕*v.* 等待（= *wait for*)
(D) assure〔əˈʃur〕*v.* 保證

7. (**A**) 形容青少年對他們「毫不起疑」，為主動意義，故形容詞用
unsuspecting，選 (A)。若形容某人或某事「不被懷疑」，
為被動，則用 unsuspected。

8. (**C**) 代替前面所提過的名詞 teens，受格用 ***them***，選 (C)。

9. (**C**) 依句意，男孩女孩「都」有，選 (C) ***both***。
(A) 二者之一，(B) 二者皆不，(D) 每一個，均錯誤。

10. (**B**) (A) terrific〔təˈrɪfɪk〕*adj.* 非常好的
(B) ***terrible***〔ˈtɛrəbḷ〕*adj.* 糟糕的；悲慘的
(C) 極好的　　(D) terrified〔ˈtɛrəˌfaɪd〕*adj.* 受驚嚇的

TEST 21

Read the following passage, and choose the best answer for each blank from the list below.

There are several types of dictionaries. The one that most people ____1____ is the "desk dictionary," sometimes ____2____ to as a general-purpose dictionary. ____3____ kind is the pronunciation dictionary, ____4____ is more concerned with a word's pronunciation than with its meaning. A third type is the bilingual dictionary, which ____5____ the words in one language and attempts to give equivalent meanings in another language. Other types include technical dictionaries, special-purpose dictionaries, and scholarly dictionaries.

____6____, a dictionary gives you several kinds of useful information. It will teach you how to pronounce new words correctly, show you the correct spellings of these words, and give you certain important grammatical information about each word. Many dictionaries will also give the etymology of a word, ____7____ you which language it ____8____ came from. But perhaps most importantly, a dictionary tells you ____9____. A good dictionary helps you to understand the word in all its different meanings ____10____ giving you clear definitions and useful examples.

1. (A) familiar with
    (B) familiarizing with
    (C) are familiar with
    (D) familiarized with

2. (A) refers   (B) referring
    (C) referred   (D) is referred

3. (A) Some   (B) Other
    (C) The other   (D) Another

4. (A) what   (B) which
    (C) it   (D) this

5. (A) list   (B) lists
    (C) have listed   (D) listing

6. (A) In general   (B) In generally
    (C) In generalization (D) In generality

7. (A) tell   (B) tells
    (C) which tells   (D) told

8. (A) original   (B) originally
    (C) originality   (D) originates

9. (A) what a word means
    (B) what does a word mean
    (C) what a word is mean
    (D) what means a word

10. (A) from   (B) of
    (C) by   (D) to

TEST 21 詳解

　　字典有好幾種。大部分人熟悉的是「桌上型字典」，有時也被稱爲「一般型字典」。另一種是發音字典，是針對一個字的發音，而非它的意義。第三種是雙語字典，以一種語言列出字詞，再用另一種語言來作相同的定義。其他種類還包括工業用字典、特殊目的字典，以及學者專用的字典。

　　通常字典給你數種有用的資訊。它會敎你生字的正確發音、顯示這些生字的正確拼字，並給你有關每個字一些重要的文法訊息。許多字典也提供單字的語源，告訴你這個字最初來自何種語言。但或許最重要的是，字典告訴你單字的意義。一本好字典能藉由提供清楚的定義、及有用的例子，來幫助你了解該單字的不同意義。

** pronunciation 〔 prə͵nʌnsɪˈeʃən 〕 *n.* 發音
be concerned with 與～有關
bilingual 〔 baɪˈlɪŋwəl 〕 *adj.* 雙語的
equivalent 〔 ɪˈkwɪvələnt 〕 *adj.* 相等的
technical 〔ˈtɛknɪk!〕 *adj.* 工業的；專業的
scholarly 〔ˈskʌlə·lɪ〕 *adj.* 學者的；博學的
pronounce 〔 prəˈnaʊns 〕 *v.* 發音
grammatical 〔 grəˈmætɪk! 〕 *adj.* 文法的
etymology 〔͵ɛtəˈmɑlədʒɪ 〕 *n.* 語源
definition 〔͵dɛfəˈnɪʃən 〕 *n.* 定義

1. (**C**) 空格中缺動詞，故選 (C) ***be familiar with*** 熟悉。
   (D) familiarize 〔 fəˈmɪljə͵raɪz 〕 *v.* 使熟悉，爲及物動詞，用法不合。

2. (**C**) ***A be referred to as B*** A 被稱爲 B，本句原應爲 ***which is*** sometimes referred to as⋯，省略 which is，選 (C)。

3. (**D**) 依句意，作者提到「另一種」字典，且不只兩種，應還有其他種類，故選 (D) ***Another***。(B) 應接複數名詞，(C) 指二者中的「另一」，均不合。

4. (**B**) 空格應爲關代，引導形容詞子句，修飾先行詞「字典」，故選 (B) ***which***。

5. (**B**) 關代 which 代替先行詞 dictionary，做形容詞子句的主詞，爲第三人稱單數，故動詞用 ***lists***，選 (B)。

6. (**A**) ***in general*** 通常；一般說來 (= *generally*)
   (C) generalization 〔͵dʒɛnərələˈzeʃən 〕 *n.* 概略；概括
   (D) generality 〔͵dʒɛnəˈrælətɪ 〕 *n.* 通論；一般性

7. (**C**) 前後二句缺乏連接詞，故選 (C) ***which tells***，關代旣是連接詞，也代替先行詞 etymology，做形容詞子句的主詞。

8. (**B**) (A) original 〔 əˈrɪdʒənḷ 〕 *adj.* 最初的
   (B) ***originally*** 〔 əˈrɪdʒənḷɪ 〕 *adv.* 最初地
   (C) originality 〔 ə͵rɪdʒəˈnælətɪ 〕 *n.* 獨創性
   (D) originate 〔 əˈrɪdʒə͵net 〕 *v.* 起源於

9. (**A**) what 引導名詞子句做 tell 的受詞，子句無須倒裝，選 (A)。

10. (**C**) ***by + V-ing*** 表示「藉由」某種方法，選 (C)。

TEST 22

Read the following passage, and choose the best answer for each blank from the list below.

When my wife, who is French, spent her first winter in London a few years ago, she used to ask me again and again: "Where's the fog?" Almost all foreigners ___1___ to find the city wreathed in yellow-gray mist for most of the year. Dickens, who was above all responsible for painting this ___2___ in people's minds, certainly wasn't exaggerating in those days. People ___3___ in the nineteenth century that when someone committed suicide by jumping into the Thames he was choked by the fog and poisoned by the terrible ___4___ of the river before he had time to drown himself. In fact, the situation ___5___ in recent years. When I was a boy in London thirty years ago I was often unable to see the other side of the road when I left home on winter mornings.

The decisive steps that have turned London into one of the ___6___ cities in the world were taken at the end of the 1950s. But Londoners still ___7___ that fog seldom returns. The change took place as a result of two main improvements. Factories were compelled to install clean air equipment

___8___ close down, and private householders were not
allowed to burn coal unless it was smoke-free. But the real
ecological miracle in London occurred ___9___ 1964 onwards
when the Thames Water Authority began to pump vast
quantities of dissolved oxygen into the river. ___10___, all
the species of fish that had gradually disappeared from the
Thames since 1800 have returned. Some are even caught by
fishermen outside the House of Parliament.

1. (A) look forward   (B) manage
   (C) wish   (D) expect

2. (A) picture   (B) image
   (C) photo   (D) portrait

3. (A) were used to saying
   (B) used to saying
   (C) were used to say
   (D) used to say

4. (A) fume   (B) smell
   (C) smoke   (D) fragrance

5. (A) only has changed
   (B) only changes
   (C) had only changed
   (D) changed only

6. (A) clear   (B) clearer
   (C) cleanest   (D) more clean

7. (A) find it strange
   (B) find out it strange
   (C) find strange
   (D) find it out strange

8. (A) and   (B) but
   (C) to   (D) or

9. (A) in   (B) from
   (C) on   (D) through

10. (A) Surprisedly   (B) Namely
    (C) However   (D) As a result

TEST 22 詳解

　　我的太太是法國人，當她幾年前在倫敦度過第一個冬天時，她常常一再地問我：「霧在哪裡？」幾乎所有的外國人都期待發現，這個都市一整年裡，大部分都被籠罩在黃灰色的薄霧中。在人們的心目中，刻畫出這個印象，最該負起責任的是狄更斯，但是在過去他當然沒有誇大其辭。十九世紀時代的人常說，當一個人跳進泰晤士河想自殺時，通常在他淹死之前，他已經先因為霧而窒息，然而被河裡恐怖的味道給毒死了。事實上，這個情形只有到了最近幾年才改變的。三十年前，當我還小，住在倫敦時，在冬天的早晨我離開家時，通常是看不見道路另外一邊的。

　　把倫敦變成全世界最乾淨的都市之一，決定性的步驟是在一九五○年代末期實施的，但是，霧很少再出現了，反而讓倫敦人覺得怪怪的。這個改變發生，是因為兩項主要的改善：工廠被強迫要安裝清淨空氣的設備，否則就關門；私人家庭不准燃燒煤炭，除非是無煙煤炭。不過，倫敦真正的生態奇蹟發生，是自從一九六四年以後，泰晤士河水利局開始將大量的溶解氧氣打進入河中。因此，原本從十九世紀以來，就逐漸消失在泰晤士河裡的各種魚類，又回來了。有些甚至還在國會大廈外，被漁夫抓到。

** wreathe 〔 rið 〕 *v.* 包圍；籠罩　　mist 〔 mɪst 〕 *n.* 薄霧
above all 尤其　　exaggerate 〔 ɪgˈzædʒəˌret 〕 *v.* 誇張
in those days 在過去　　***commit suicide*** 自殺
Thames 〔 tɛmz 〕 *n.* 泰晤士河 (要說成 the Thames，流經倫敦)
choke 〔 tʃok 〕 *v.* 窒息；呼吸困難　　poison 〔 ˈpɔɪzn̩ 〕 *v.* 中毒
drown 〔 draʊn 〕 *v.* 淹死
decisive 〔 dɪˈsaɪsɪv 〕 *adj.* 決定性的

turn A into B 把 A 變成 B　　**as a result of** 由於

improvement〔ɪm'pruvmənt〕*n.* 改善

factory〔'fæktərɪ〕*n.* 工廠　　compel〔kəm'pɛl〕*v.* 強迫

install〔ɪn'stɔl〕*v.* 裝置；安裝

equipment〔ɪ'kwɪpmənt〕*n.* 裝置；設備

private〔'praɪvɪt〕*adj.* 私人的

householder〔'haʊs,holdɚ〕*n.* 家長；戶長

coal〔kol〕*n.* 煤　　smoke-free〔'smok,fri〕*adj.* 無煙的

ecological〔,ɛkə'ladʒɪkl̩〕*adj.* 生態的

miracle〔'mɪrəkl̩〕*n.* 奇蹟

onwards〔'an,wɔrdz〕*adv.* 向前；以後

authority〔ə'θɔrətɪ〕*n.* 當局

pump〔pʌmp〕*v.* 打（氣、水）　　vast〔væst〕*adj.* 巨大的

quantity〔'kwantətɪ〕*n.* 數量　　**vast quantities of** 大量的

dissolve〔dɪ'zalv〕*v.* 溶解　　oxygen〔'aksədʒən〕*n.* 氧

parliament〔'parləmənt〕*n.* 國會

1.（**D**）由空格後 to find 可知，此處應選 (D) **expect**「期待」，後
　　　接不定詞。(A) look forward to 亦為「期待」，但 to 是介
　　　系詞，應接 V-ing，在此用法不合。

2.（**A**）動詞 paint 指「繪畫；描寫」，表示「描寫一個景緻」，
　　　應說成 paint a **picture**，故選 (A)。

　　　(B) image〔'ɪmɪdʒ〕*n.* 形象

　　　(C) photo〔'foto〕*n.* 照片（= *photograph*）

　　　(D) portrait〔'portret〕*n.* 肖像；人像

3. (**D**) *used to* + *V* 過去曾經～；過去常常～
   be used to + *N/V-ing* 習慣於～

4. (**B**) 依句意，河裡應是「味道」很糟糕，故選 (B) *smell*。
   (A) fume 和 (C) smoke 指空氣中的「煙」，(D) fragrance
   〔'fregrəns〕 *n.* 香味，均不合。

5. (**D**) 情況是最近幾年才改變的，依句意為過去式，選 (D)。

6. (**C**) 倫敦是變「乾淨」，而不是變「清澈」，因此要用 clean，
   而非 clear，而且是變成「最乾淨的」都市之一，選
   (C) *cleanest*。

7. (**A**) 倫敦人覺得「霧很少再出現了」怪怪的，空格後的 that
   子句為真正受詞，故空格中應用虛受詞 *it*，再接受詞補語
   strange，選 (A)。

8. (**D**) 依句意，工廠被迫要安裝新設備，「否則」就關門，
   選 (D) *or*。

9. (**B**) 表示「從」一九六四年以後，選 (B) *from*。

10. (**D**) (A) 驚訝地   (B) 也就是
    (C) 然而   (D) 因此

TEST 23

Read the following passage, and choose the best answer for each blank from the list below.

This summer, James is looking for an entry-level job in a hotel. He doesn't have a lot of work experience, though. He ___1___ as an assistant cashier since 1999. In the summer of 1998, he ___2___ at the Hilton Hotel. He ___3___ from Anderson Technical School in 1999, where he ___4___ in hotel management. Before that, he went to Columbus Central High School. He ___5___ a lot of business courses in high school. Besides English, James ___6___ fluent Japanese. He ___7___ interested in hotel management for many years. He has been interested in hotel work since he ___8___ at a wonderful old hotel in Canada years ago. James ___9___ a lot of resumes since January, but so far, he ___10___ any answers.

1. (A) has worked   (B) had worked
   (C) worked   (D) working

2. (A) has worked   (B) had worked
   (C) worked   (D) working

3. (A) graduate   (B) graduated
   (C) has graduated   (D) had graduated

4. (A) majors   (B) majored
   (C) has majored
   (D) has been majored

5. (A) takes   (B) taking
   (C) has taken   (D) took

6. (A) speaks   (B) speaking
   (C) has spoken   (D) spoke

7. (A) is   (B) was
   (C) has been   (D) had been

8. (A) vacations   (B) vacationed
   (C) had vacationed
   (D) has vacationed

9. (A) mails   (B) mailed
   (C) has mailed   (D) had mailed

10. (A) received   (B) didn't receive
    (C) has received
    (D) hasn't received

TEST 23 詳解

　　今年夏天，詹姆斯想找一個飯店櫃台之類的工作，不過他的工作經驗並不多。從一九九九年起，他一直擔任出納助理的工作。一九九八年夏天，他曾在希爾頓飯店工作過。一九九九年，他畢業於安德森技術學校，主修飯店管理。在那之前，他就讀哥倫布中等學校，在中學時期，他選修了許多商業科目。除了英語之外，詹姆斯也會說流利的日語，他多年以來，對飯店管理一直都很有興趣。他對飯店工作的興趣，是從他數年前到加拿大度假時，住在一間非常棒的老飯店裡開始的。從一月以來，詹姆斯已經寄出很多履歷了，但至今，他還沒有收到任何回音。

　　**　entry〔'ɛntrɪ〕*n.* 進入　　level〔'lɛvḷ〕*n.* 程度；標準
　　　　assistant〔ə'sɪstənt〕*adj.* 輔助的；助理的
　　　　cashier〔kæ'ʃɪr〕*n.* 出納員
　　　　management〔'mænɪdʒmənt〕*n.* 經營；管理
　　　　fluent〔'fluənt〕*adj.* 流利的
　　　　resume〔ˌrɛzu'me〕*n.* 履歷表　　*so far* 到目前為止

1. (**A**) 從時間副詞 since 1999 可知，動作從 1999 年一直進行到現在，應用現在完成式，選 (A) *has worked*。

2. (**C**) 動作發生在 1998 年夏天，用過去式即可，選 (C) *worked*。

3. (**B**) 畢業是過去的事實，用過去式，選 (B) *graduated*。

4. (**B**)　在學校裡「主修」某個科目，動詞用 major，在此也是
　　　　　　過去的事實，故選 (B) *majored*。

5. (**D**)　表示「選修」某個科目，動詞用 take，在中學時期，仍是
　　　　　　過去式，選 (D) *took*。

6. (**A**)　依句意，他會說流利的日語，是現在的事實，應用現在
　　　　　　簡單式，選 (A) *speaks*。

7. (**C**)　時間副詞 for many years，要與現在完成式連用，故選
　　　　　　(C) *has been*。

8. (**B**)　since 做連接詞，引導副詞子句時，主要子句的時態應為
　　　　　　現在完成式（如第 1 題），但 since 子句時態則應為過去
　　　　　　式，選 (B) *vacationed*。

9. (**C**)　原因同上題，選 (C) *has mailed*。

10. (**D**)　時間副詞 so far，要與現在完成式連用，且依句意可知，
　　　　　　在此應為否定，故選 (D) *hasn't received*。

TEST 24

Read the following passage, and choose the best answer for each blank from the list below.

Steven Weinberg grew up in New York City, ____1____ his father worked ____2____ a court stenographer. His early interest ____3____ science was encouraged by his family and by his teachers at the Bronx High School of Science. One of his classmates ____4____ Sheldon Glashow; about 25 years later they would ____5____ the Nobel Prize in physics.

By age 16, theoretical physics had grabbed Weinberg. He went to Cornell University, studied ____6____ the Niels Bohr Institute in Denmark, and got his PhD from Princeton. He ____7____ a career of research and teaching that took him to some of the best centers for physics research in the country.

His electroweak theory was confirmed by particle accelerator experiments in 1973. This was one giant step ____8____ to physicists' ____9____ goal of finding a single elegant equation to explain all the matter and forces of nature. Weinberg and the others who worked on this theory, Sheldon Glashow and Abdus Salam, were ____10____ the Nobel Prize in 1979.

1. (A) where   (B) which
   (C) there   (D) here

2. (A) in   (B) by
   (C) to   (D) as

3. (A) with   (B) in
   (C) on   (D) to

4. (A) was   (B) being
   (C) to be   (D) has been

5. (A) combine   (B) cooperate
   (C) coincide   (D) share

6. (A) at   (B) on
   (C) with   (D) under

7. (A) occurred to   (B) devoted to
   (C) embarked on   (D) engaged with

8. (A) farther   (B) further
   (C) closer   (D) near

9. (A) long-dreaming
   (B) long-dreaming of
   (C) long-dreamed
   (D) long-dreamed-of

10. (A) rewarded   (B) awarded
    (C) prized   (D) obtained

TEST 24 詳解

　　史帝夫・溫伯格在紐約市長大，他的父親在那兒當法庭的書記員。他早期對科學的興趣，是受到家人和布朗克斯科學學校老師的鼓勵。他的同學之一就是雪爾登・葛拉秀；大約二十五年後，他們兩人共同得到了諾貝爾物理學獎。

　　在十六歲以前，理論物理學吸引了溫伯格。他先就讀康乃爾大學，又到丹麥的尼爾波學院讀書，然後在普林斯頓大學，得到了博士學位。他開始從事研究和教學，並且有機會進入全國最好的幾所物理學研究中心。

　　他的電磁弱作用力理論，在一九七三年，由分子加速器的實驗所確認。這對於物理學家長久以來夢想的目標，想找出一個單一精確的方程式，來解釋所有自然界的事物和力量，更靠近了一大步。溫伯格和另外兩位從事此理論的人，雪爾登・葛拉秀和阿布達斯・沙拉姆，在一九七九年獲頒諾貝爾獎。

　** court〔kort〕*n.* 法庭
　　stenographer〔stəˈnɑgrəfɚ〕*n.* 速記者
　　physics〔ˈfɪzɪks〕*n.* 物理學
　　theoretical〔ˌθiəˈrɛtɪk!〕*adj.* 理論的
　　grab〔græb〕*v.* 抓住　　institute〔ˈɪnstəˌtjut〕*n.* 學院
　　electroweak〔ɪˈlɛktrəˌwik〕*adj.* 電磁弱作用力的
　　（結合電磁學 electromagnetism 和弱作用力 weak interaction，
　　　此項理論亦被稱爲 Glashow-Weinberg-Salam theory）
　　theory〔ˈθiərɪ〕*n.* 理論　　confirm〔kənˈfɝm〕*v.* 確認
　　particle〔ˈpɑrtɪk!〕*n.* 分子；微粒

accelerator〔æk'sɛləˌretɚ〕*n.* 加速器

giant〔'dʒaɪənt〕*adj.* 巨大的

physicist〔'fɪzɪsɪst〕*n.* 物理學家

elegant〔'ɛləgənt〕*adj.* 簡潔的；精確的

equation〔ɪ'kweʃən〕*n.* 方程式　　　***work on*** 從事

1. (**A**) 空格引導補述用法的形容詞子句，補充說明 New York City，在此需要關係副詞，表地方，故選 (A) ***where***。
(C) there 亦表地方，但沒有連接詞功能，故不合。

2. (**D**) 表示「擔任某個職位」，要用 ***work as***，故本題選 (D)。

3. (**B**) 對某方面有興趣，interest 與介系詞 ***in*** 連用，故選 (B)。

4. (**A**) 他的同學之一「就是」葛拉秀，本句缺動詞，且依句意為過去式，故選 (A) ***was***。

5. (**D**) (A) combine〔kəm'baɪn〕*v.* 結合
(B) cooperate〔ko'ɑpəˌret〕*v.* 合作
(C) coincide〔ˌkoɪn'saɪd〕*v.* 同時發生
(D) ***share***〔ʃɛr〕*v.* 分享；共享

6. (**A**) 表示「在」某學院讀書，介系詞用 ***at***，選 (A)。

7. (**C**) (A) sth. occur to sb. 某人突然想到某事
(B) be devoted to 致力於 (應用被動)
(C) ***embark***〔ɪm'bɑrk〕*v.* 著手；從事 < *on* >
(D) engage〔ɪn'gedʒ〕*v.* 從事 < *in* >

8. (**C**) 依句意，這項理論的確認，應該離目標「更接近了」，故選 (C) *closer* 。*be close to* 接近；靠近，(D) near 應改成比較級 nearer。(A) farther 指距離更遠，(B) further 指距離更遠，或程度更進一步，均不合。

9. (**D**) *dream of* 夢想；想像，依句意，這件事是專家「長久以來夢想的」目標，目標被專家所想像，應爲被動，故選 (D) *long-dreamed-of*。

10. (**B**) (A) reward〔rɪˋwɔrd〕*v.* 酬謝
     (B) *award*〔əˋwɔrd〕*v.* 頒發
     (C) prize〔praɪz〕*v.* 珍視
     (D) obtain〔əbˋten〕*v.* 獲得

【劉毅老師的話】

　　克漏字常是考生最頭痛的一種考題，其實只要勤背單字，多做題目，就能夠熟悉出題方向、掌握重點，問題自然迎刃而解。

TEST 25

Read the following passage, and choose the best answer for each blank from the list below.

The newly developed biotechnology, especially cloning, has aroused a general fear among the public, for cloning represents a form of despotism over future generations. But some scientists argue that it can contribute a lot to humanity. The same sort of line—___1___ (welcome) medical treatment and (inadvisable) parental perfectionism—should also be drawn ___2___ the separate and more complicated field of pre-birth genetic modification. Parents can already select ___3___ particular embryos to implant, ___4___ screen out specific diseases. In the long run, modifying those embryos offers a chance to practice a form of benign eugenics: ___5___ parents to eliminate undesirable traits ___6___ their children.

___7___ those traits are medical conditions, this seems acceptable: why ___8___ children of the chance to live without Parkinson's disease? But a queasy feeling ___9___ once parents start eradicating character traits ___10___ homosexuality, or actively selecting good genes—athleticism, tallness, a high IQ, etc.

1. (A) for   (B) in
   (C) to   (D) between

2. (A) on   (B) in
   (C) at   (D) to

3. (A) whom   (B) by which
   (C) which   (D) from which

4. (A) so as to   (B) as to
   (C) so that   (D) so far as

5. (A) making   (B) allowing
   (C) having   (D) letting

6. (A) from   (B) to
   (C) in   (D) on

7. (A) As far as   (B) So long as
   (C) With regard to   (D) Despite

8. (A) derive   (B) deprive
   (C) deplore   (D) depress

9. (A) takes place   (B) calls off
   (C) gets along   (D) takes over

10. (A) because of   (B) due to
    (C) such as   (D) regardless of

TEST 25 詳解

　　最新發展出來的生化科技，特別是複製技術，已經引發了一般大衆普遍的恐懼感，因爲複製代表了一種對未來世代的專制型態。但也有些科學家主張，複製可以對人類有很大的貢獻。類似的拉鋸戰——在（受歡迎的）醫學治療，和（不智的）父母親的完美主義作祟之間——在另外一個個別的、且更加複雜的領域，即生育前的基因改造方面，也在進行。父母親已經可以選擇特定的胚胎植入，以篩選剔除某些疾病。最後，改造那些胚胎，就有機會實行一種良性的優生學：使父母能夠去除孩子身上一些不良的特性。只要這些特性是屬於醫學上的情況，似乎還可以接受：何必剝奪孩子不會罹患帕金森氏病，而能生存的機會呢？但是，當父母一旦開始想消除孩子的某些性格特質，如同性戀傾向，或是積極爲孩子選擇好的基因——愛運動、身高高，智商高等等，取而代之的是一種令人不舒服的感覺。

** biotechnology〔͵baɪətɛkˈnɑlədʒɪ〕*n.* 生化科技
cloning〔ˈklonɪŋ〕*n.* 複製　　arouse〔əˈrauz〕*v.* 喚起
represent〔͵rɛprɪˈzɛnt〕*v.* 代表
despotism〔ˈdɛspətͺɪzəm〕*n.* 獨裁；專制
argue〔ˈɑrgju〕*v.* 主張
contribute〔kənˈtrɪbjut〕*v.* 有貢獻；有助於 < *to* >
humanity〔hjuˈmænətɪ〕*n.* 人類
inadvisable〔͵ɪnədˈvaɪzəbļ〕*adj.* 不智的
perfectionism〔pɚˈfɛkʃənͺɪzəm〕*n.* 完美主義
complicated〔ˈkɑmpləͺketɪd〕*adj.* 複雜的
field〔fild〕*n.* 領域　　genetic〔dʒəˈnɛtɪk〕*adj.* 遺傳的

modification〔͵mɑdəfə'keʃən〕n. 修改；變更

embryo〔'ɛmbrɪ͵o〕n. 胚胎　　implant〔ɪm'plænt〕v. 植入

screen〔skrin〕v. 篩選；審查　　*screen out* 剔除；去除

specific〔spɪ'sɪfɪk〕adj. 特定的

in the long run 最後；終於

modify〔'mɑdə͵faɪ〕v. 修改；變更

benign〔bɪ'naɪn〕adj. 良性的；無危險的

eugenics〔jʊ'dʒɛnɪks〕n. 優生學

eliminate〔ɪ'lɪmə͵net〕v. 消除

undesirable〔͵ʌndɪ'zaɪrəbļ〕adj. 不良的

trait〔tret〕n. 特性

Parkinson's disease 帕金森氏病（一種中樞神經系統的疾病，
又稱為震顫麻痹）

queasy〔'kwizɪ〕adj. 反胃的；令人不舒服的

eradicate〔ɪ'rædɪ͵ket〕v. 消除

homosexuality〔͵homo͵sɛkʃʊ'ælətɪ〕n. 同性戀

athleticism〔æθ'lɛtɪsɪzəm〕n. 熱愛運動

1. (**D**) *between A and B* 在 A 與 B 之間

2. (**B**) 依句意，在另外一個領域，也拉出這樣一條拉鋸戰的線，
表示「在某個領域」，介系詞要用 *in*，故本題選 (B)。

3. (**C**) 依句意，父母已經可以選擇要「哪一種」特定的基因，
選 (C) *which*。

4. (**A**) 表「目的」的用法為 *so as to* + *V*，選 (A)。(C) so that 亦
可表「目的」，但為連接詞，接子句，用法不合。

5. (**B**)　空格後接受詞，再接不定詞，由此可知，此處動詞應選
　　　　(B) ***allowing***，表示「允許；使能夠」之意。(A)、(C)、
　　　　(D) 均爲使役動詞，接受詞後應接原形動詞，用法不合。

6. (**C**)　依句意，父母可以消除孩子身上不良的特性，介系詞
　　　　用 ***in***，選 (C)。

7. (**B**)　依句意，「只要」是醫學上的狀況，似乎還可以接受，
　　　　連接詞選 (B) ***So long as***。(A) as far as　在～範圍內，
　　　　(C) with regard to　關於，(D) despite　儘管，均不合。

8. (**B**)　(A) derive〔dəˊraɪv〕*v.* 起源於
　　　　(B) ***deprive***〔dɪˊpraɪv〕*v.* 剝奪
　　　　(C) deplore〔dɪˊplor〕*v.* 悲痛；悔恨
　　　　(D) depress〔dɪˊprɛs〕*v.* 使沮喪

9. (**D**)　(A) take place　發生（= *happen* ; *occur*）
　　　　(B) call off　取消（= *cancel*）
　　　　(C) get along　進行
　　　　(D) ***take over***　接管；取而代之

10. (**C**)　由空格後的 homosexuality 可知，此爲舉例說明之用，故
　　　　選 (C) ***such as***。(A) because of　因爲、(B) due to　因爲、
　　　　(D) regardless of　不管；無論，句意均不合。

TEST 26

Read the following passage, and choose the best answer for each blank from the list below.

In the stand-off over the plane, China seems to have held all the cards—i.e., the crew and the plane. But in the aftermath, America will hold most of the cards: trade, arms sales to Taiwan, support for China's Olympics bid, etc. ___1___ America should, however, maintain a tough line is ___2___ security. The policy, begun by Richard Nixon and Henry Kissinger, of engaging China ___3___ a clear set of security parameters, remains the right course. Above all, that means confirming, in talks due to begin on April 18th, ___4___ American planes will still fly freely over international airspace. And it means leaving China in no doubt that America would ___5___ the event of an invasion of Taiwan. Now, ___6___ a decision ___7___ arms sales to the "renegade province" imminent, that might take the form of the sale to Taiwan of a better defense kit ___8___ it might otherwise have received. That would be a strong, even provocative act. But ___9___ China's missile build-up and its belligerent words, it would be justified. Mr. Bush, ___10___ his expressions of regret, has already shown enough flexibility. To show more would be dangerous.

1. (A) What   (B) Where
   (C) Which   (D) How

2. (A) by   (B) at
   (C) in   (D) for

3. (A) for   (B) at
   (C) within   (D) against

4. (A) if   (B) those
   (C) which   (D) that

5. (A) intervene in   (B) interrupt in
   (C) take over   (D) give up

6. (A) for   (B) with
   (C) at   (D) in

7. (A) in   (B) of
   (C) on   (D) for

8. (A) that   (B) in which
   (C) for which   (D) than

9. (A) giving   (B) given
   (C) by giving   (D) for giving

10. (A) for   (B) in
    (C) of   (D) to

TEST 26 詳解

在這次飛機事件的僵局中，中國方面似乎掌握了整個局勢，也就是駕駛員和飛機，都在他們手上。但事後，美國將重新掌握大部分局勢，包括貿易、對台軍售、對中國爭取奧運主辦權的支持等。然而，美國應該維持強硬政策之處，在於防衛。由尼克森和季辛吉開始的政策，主張中國只能參與有限的疆界防衛，仍然維持不變。最重要的是，這意味著，預計從四月十八日開始的會談中，將會確認，美國的飛機仍然會自由地飛越國際領空，同時也意味著，讓中國不用懷疑，美國會干涉中國犯台。隨著對台軍售案的決定與否將近，美國可能會將更優秀的防禦裝備賣給台灣，而且比台灣以往所能得到的更好。這似乎是個強硬、且有挑釁意味的行為，但考慮到中國增強飛彈，以及好戰的言詞，這應該是正當合理的。布希總統在他表達遺憾的說辭中，已經顯露出足夠的彈性了，說太多可能會更危險。

** stand-off〔ˈstændˌɔf〕*n.* 僵持；均衡
hold all the cards 掌握整個局勢；有把握
crew〔kru〕*n.* 機組人員；駕駛員
aftermath〔ˈæftɚˌmæθ〕*n.* 影響；餘波
arms〔ɑrmz〕*n.* 武器；軍備　　bid〔bɪd〕*n.* 投標；努力
maintain〔menˈten〕*v.* 維持
a tough/strong/firm/hard line 強硬的政策/措施
security〔sɪˈkjʊrətɪ〕*n.* 安全；防衛
policy〔ˈpɑləsɪ〕*n.* 政策
parameter〔pəˈræmətɚ〕*n.* 界限
above all 尤其；最重要的是　　confirm〔kənˈfɝm〕*v.* 確認

invasion〔ɪn'veʒən〕*n.* 入侵;侵略

renegade〔'rɛnɪˌged〕*n.* 叛徒　　province〔'pravɪns〕*n.* 省

renegade province 叛逃的一省 (即指台灣)

imminent〔'ɪmənənt〕*adj.* 迫切的;逼近的

take the form of~ 以~形式出現

defense〔dɪ'fɛns〕*n.* 防衛　　kit〔kɪt〕*n.* 一套;裝備

provocative〔prə'vakətɪv〕*adj.* 挑釁的

missile〔'mɪsḷ〕*n.* 飛彈　　build-up〔'bɪldˌʌp〕*n.* 增強

belligerent〔bə'lɪdʒərənt〕*adj.* 好戰的

justify〔'dʒʌstəˌfaɪ〕*v.* 正當化;合理化

flexibility〔ˌflɛksə'bɪlətɪ〕*n.* 彈性

1. (**B**) 根據句意,此處指「美國應該維持強硬政策之處」,而空格
引導子句做主詞,且空格表地方,故選 (B) ***Where***。

2. (**C**) 依句意,…之處「在於」…,介系詞要用 ***in***,故本題
選 (C)。

3. (**C**) engage〔ɪn'gedʒ〕*v.* 使參加;使從事,與介系詞 in 或
within 連用,故選 (C)。

4. (**D**) 空格前面的 in talks…April 18th 為插入語,空格的功用為
引導子句,做 confirming 的受詞,故選 (D) ***that***。

5. (**A**) (A) ***intervene***〔ˌɪntə'vin〕*v.* 干涉 < *in* >
　　(B) interrupt〔ˌɪntə'rʌpt〕*v.* 使中斷 (及物動詞,不接受詞)
　　(C) take over　接管
　　(D) 放棄

6.（**B**）依句意，「隨著」對台軍售案的決定與否將近，用 *with* a decision…imminent，選 (B)。

7.（**C**）表示在某方面的決定，用 a decision *on* sth.，選 (C)。

8.（**D**）由空格前的 a better defense kit 可知，此為比較級用法，故空格選 (D) *than*。

9.（**B**）*given* 在此為介系詞用法，做「考慮到～」解，後接受詞，選 (B)。(A)、(C)、(D) 均不合。

10.（**B**）依句意，「在」布希總統的說辭「中」，介系詞用 *in*，故選 (B)。

【劉毅老師的話】

　　除了筆試測驗外，中國學生最弱的一環其實在聽和說方面，學習出版最新「一口氣英語」系列，是語言學習上最大的發明，只要熟背書中的句組，每組九句背到五秒鐘之內，就終生不忘。讀者可以試試。如此一來，不但說起英文流利、有信心，連聽外國人說話，你都會覺得變簡單了。

TEST 27

Read the following passage, and choose the best answer for each blank from the list below.

During the seventeenth century a great interest in growing tulips developed in Europe. ___1___ started in Holland and then spread to other countries. Tulips with brilliant color patterns, in particular, were ___2___ in demand, and they brought very high prices.

Ordinarily, tulips show just one color. But ___3___ are variously colored in streaks and other patterns. This kind of ___4___ is called "tulip break." It is not just an accident that some tulips are solid-colored ___5___ others have streaks.

In the seventeenth century only a few families knew the secret of growing "broken" tulips. They knew that an unusual flower was ___6___ mere chance occurrence. The secret was carefully guarded. ___7___ the method became known throughout Holland. Its simplicity was surprising. All one had to do was ___8___ the juice of a streaked plant into a solid-colored plant. The following season a bulb that had previously produced ___9___ solid-colored flowers would send up a shoot with a beautifully-streaked bud.

The streaked tulips were infected with two viruses
_____10_____ acted together to affect the coloration of the host.
The juice of the plants contained the viruses. Tulip growers
were actually spreading tulip viruses.

1. (A) It   (B) They
   (C) That   (D) One

2. (A) much   (B) alone
   (C) great   (D) not

3. (A) they   (B) there
   (C) some   (D) all

4. (A) organization   (B) coloration
   (C) infection   (D) production

5. (A) because   (B) since
   (C) or   (D) while

6. (A) but   (B) the
   (C) no   (D) one

7. (A) Furthermore   (B) Effectively
   (C) Consequently   (D) Eventually

8. (A) rubs   (B) rubbing
   (C) rub   (D) rubbed

9. (A) very   (B) so
   (C) only   (D) any

10. (A) and   (B) which
    (C) then   (D) when

TEST 27 詳解

　　十七世紀時，歐洲人逐漸對種植鬱金香產生興趣。這個情形起始於荷蘭，然後傳到其他國家。具有亮麗的顏色圖案的鬱金香，更是特別搶手，而且價錢很高。

　　通常，一朵鬱金香只有一種顏色，但是有些會有多種顏色的條紋，及其他圖案。這種配色被稱爲「鬱金香鑲嵌」。有些鬱金香是單色的，而有些鬱金香有條紋，這並不是意外。

　　在十七世紀，只有一些家庭知道，如何栽種「鑲嵌」鬱金香的秘訣，他們知道，一朵不尋常的花絕非只是偶然發生的，這個秘密被小心保護著，但最後，全荷蘭還是知道了。這個方法如此簡單，令人驚訝，原來只要將有條紋的鬱金香的汁液，塗抹在單色鬱金香上就好了。下一個花季，原本只能開出單色花的球莖，就會發芽長出條紋非常漂亮的花苞。

　　有條紋的鬱金香，是受到兩種病毒的感染，這兩種病毒一起作用，就會影響宿主，即鬱金香的配色。而鬱金香的汁液裡就含有病毒成分，種植者其實就是藉由散播病毒，而栽培出鑲嵌鬱金香的。

** tulip〔'tjulɪp〕*n.* 鬱金香　　brilliant〔'brɪljənt〕*adj.* 亮麗的
　　pattern〔'pætən〕*n.* 圖案　　***be in demand*** 有需求
　　variously〔'vɛrɪəslɪ〕*adv.* 不同地；多樣地
　　streak〔strik〕*n.* 條紋　*v.* 有條紋
　　solid-colored〔'sɑlɪd,kʌləd〕*adj.* 單色的
　　chance〔tʃæns〕*adj.* 偶然的（= *accidental*）
　　occurrence〔ə'kɝəns〕*n.* 事件　　guard〔gɑrd〕*v.* 保護
　　throughout〔θru'aʊt〕*prep.* 遍及

simplicity〔sɪm'plɪsətɪ〕*n.* 簡單

bulb〔bʌlb〕*n.* 球莖　　shoot〔ʃut〕*n.* 嫩芽；嫩枝

bud〔bʌd〕*n.* 花苞　　infect〔ɪn'fɛkt〕*v.* 感染

virus〔'vaɪrəs〕*n.* 病毒　　affect〔ə'fɛkt〕*v.* 影響

host〔host〕*n.*（寄生動植物的）宿主

1. (**A**) 空格指的是「種植鬱金香的興趣」，為避免重複，應用代名
詞代替，選 (A) *It*。

2. (**A**) be in demand 指某物「有需求」，加強語氣形容「需求量
非常大」時，用 be *much* in demand，故本題選 (A)。
(C) 要用 be in great demand，用法不對。

3. (**C**) 依句意，通常鬱金香是單色的，但「有些」有不同顏色的
條紋，選 (C) *some*。

4. (**B**) (A) organization〔ˌɔrgənə'zeʃən〕*n.* 組織
(B) *coloration*〔ˌkʌlə'reʃən〕*n.* 配色
(C) infection〔ɪn'fɛkʃən〕*n.* 感染
(D) production〔prə'dʌkʃən〕*n.* 生產

5. (**D**) 空格連接兩個子句，故應為連接詞，而且前後子句語氣
有轉折，故選 (D) *while*，為「然而」之意，做前後對照
之用。(A) 因為，(B) 自從，(C) 否則，句意均不合。

6. (**C**) 按照句意，一朵不尋常的花，應該「不是」只是偶然發
生的，故空格選 (C) *no*，為加強否定的語氣，做「絕非；
一點也不」解，相當於 not at all，far from。

7. (**D**) (A) furthermore〔ˋfɝðɚˏmor〕*adv.* 此外

　　　　(B) effectively〔əˋfɛktɪvlɪ〕*adv.* 有效地

　　　　(C) consequently〔ˋkɑnsəˏkwɛntlɪ〕*adv.* 結果；所以

　　　　(D) *eventually*〔ɪˋvɛntʃʊəlɪ〕*adv.* 最後

8. (**C**) *All one has/had to do is/was + V* 某人所能做的就是～

　　　　rub〔rʌb〕*v.* 摩擦；擦拭

9. (**C**) 依照句意，原本「只」能開出單色花的球莖，就會發芽
長出條紋非常漂亮的花苞，選 (C) *only*。

10. (**B**) 空格引導形容詞子句，修飾先行詞 two viruses，故選
(B) *which*，為關係代名詞，兼具連接詞和代名詞功能。
(A) 僅是連接詞，無代名詞功能，文法不合，須改成
and they。

【劉毅老師的話】

　　劉毅英文有開「演講式英語」班，
和「一口氣英語」班，班級很多，天天
有課，時間任你選擇。

TEST 28

Read the following passage, and choose the best answer for each blank from the list below.

There is a debate ____1____ in American public schools over the best way ____2____ English to foreign students. Many schools use bilingual education. This means that students study their core subject classes ____3____ science, mathematics and social studies ____4____ their native tongue. They also take a few hours of English.

Recently, many educators have begun to criticize bilingual education. ____5____ claim that bilingual education not only slows students' development of language skills, but also their ____6____ to American life. They often remain ____7____ from the mainstream student body.

These critics have proposed the immersion method. This means that students will take only English classes ____8____ they can function effectively in regular subject classes. Proponents of immersion theory ____9____ that in order for these foreign students to prepare ____10____ college or the job market, they must be able to communicate in English.

1. (A) going   (B) going on
   (C) goes   (D) goes on

2. (A) by teaching   (B) with teaching
   (C) to teach   (D) to teaching

3. (A) instead of   (B) alike
   (C) as   (D) such as

4. (A) in   (B) by
   (C) as   (D) with

5. (A) Opponents   (B) Components
   (C) Prepositions   (D) Oppositions

6. (A) adornment   (B) adoption
   (C) adjustment   (D) adeptness

7. (A) separates   (B) separation
   (C) separating   (D) separated

8. (A) when   (B) until
   (C) in that   (D) as long as

9. (A) doubt   (B) object
   (C) argue   (D) convince

10. (A) for   (B) in
    (C) of   (D) to

TEST 28 詳解

在美國的公立學校，關於教導外國學生學英文的最佳方法，正在進行辯論。許多學校使用雙語教育，意指學生以他們自己的母語學習核心科目，例如科學、數學和社會學，然後，他們另外再修習數小時的英語。

最近，許多教育者開始批評雙語教育。反對者宣稱，雙語教育不僅減緩學生的語言技能發展，也減慢他們調適美國生活的速度，他們經常被阻隔於學生主流之外。

這些批評者已經提出了「沉浸論」，也就是學生們只修習英語課程，直到他們能有效地學習一般科目。沉浸論的提議者主張，為了要讓這些外國學生做好進入大學或就業市場的準備，他們必須能以英語溝通。

** debate〔dɪˋbet〕*n.* 辯論
bilingual〔baɪˋlɪŋgwəl〕*adj.* 雙語的　　core〔kor〕*n.* 核心
native tongue 母語　　criticize〔ˋkrɪtəˌsaɪz〕*v.* 批評
claim〔klem〕*v.* 宣稱　　mainstream〔ˋmenˌstrim〕*n.* 主流
critic〔ˋkrɪtɪk〕*n.* 批評者　　propose〔prəˋpoz〕*v.* 提議
immersion〔ɪˋmɝʃən〕*n.* 浸入；沉浸
function〔ˋfʌŋkʃən〕*v.* 產生功能；有效用
effectively〔əˋfɛktɪvlɪ〕*adv.* 有效地
regular〔ˋrɛgjələ〕*adj.* 一般的
proponent〔prəˋponənt〕*n.* 支持者；提議者
theory〔ˋθiərɪ〕*n.* 理論

1. (**B**) ***be going on*** 進行，此處原為 a debate ***which is going on***，省略 which is 而成分詞片語，故選 (B)。

2. (**C**) ***the way*** $\begin{cases} \textbf{\textit{to}} + \textbf{\textit{V}} \\ \textbf{\textit{of}} + \textbf{\textit{V-ing}} \end{cases}$ 做某事的方法

3. (**D**) 依句意，空格為舉例說明用法，選 (D) ***such as*** (= *like*)。

4. (**A**) 表示「以」何種語言學習，介系詞應用 ***in***，選 (A)。

5. (**A**) (A) ***opponent*** 〔ə'ponənt 〕 *n.* 反對者
　　　　(B) component 〔kəm'ponənt 〕 *n.* 成分
　　　　(C) preposition 〔͵prɛpə'zɪʃən 〕 *n.* 介系詞
　　　　(D) opposition 〔͵ɑpə'zɪʃən 〕 *n.* 反對

6. (**C**) (A) adornment 〔ə'dɔrnmənt 〕 *n.* 裝飾
　　　　(B) adoption 〔ə'dɑpʃən 〕 *n.* 採用；收養
　　　　(C) ***adjustment*** 〔ə'dʒʌstmənt 〕 *n.* 調適；適應
　　　　(D) adeptness 〔ə'dɛptnɪs 〕 *n.* 熟練

7. (**D**) remain 之後應用形容詞，且依句意「被阻隔」為被動，選 (D) ***separated***。

8. (**B**) (A) 當～時候　　(B) 直到　　(C) 因為　　(D) 只要

9. (**C**) (A) doubt 〔 daut 〕 *v.* 懷疑　　(B) object 〔 əb'dʒɛkt 〕 *v.* 反對
　　　　(C) ***argue*** 〔'ɑrgju 〕 *v.* 主張
　　　　(D) convince 〔 kən'vɪns 〕 *v.* 使相信

10. (**A**) ***prepare for*** 為～做準備

TEST 29

Read the following passage, and choose the best answer for each blank from the list below.

Look at someone, and then look away. You have made a statement. Hold the glance for a second longer and you've made ___1___ statement. Hold it for two seconds and the meaning has changed again. For every situation, ___2___ a moral looking time, the amount of time that you can hold someone's gaze without being rude, aggressive or ___3___. In an elevator, for example, the moral looking time is zero. You look up at the ___4___ lights, down at the floor, anywhere but ___5___ the eyes of a fellow passenger. The moral looking time is ___6___ longer in a crowded subway or bus, and ___7___ longer out on the street. ___8___ we may catch someone's eye as we walk toward him, but we mustn't hold his glance for longer than three seconds. A glance, if it's held for ___9___ three seconds, signals you are another human being. I recognize you ___10___. If you hold the stranger's eye for longer than three seconds, you signal: I am interested in you.

1. (A) different   (B) second
   (C) a different   (D) the same

2. (A) it has   (B) it is
   (C) there has   (D) there is

3. (A) intimate   (B) adventurous
   (C) imitate   (D) agreeable

4. (A) indication   (B) individual
   (C) indicator   (D) flickering

5. (A) from   (B) into
   (C) away   (D) for

6. (A) few   (B) a few
   (C) little   (D) a little

7. (A) more   (B) further
   (C) still   (D) though

8. (A) That   (B) Where
   (C) This   (D) There

9. (A) longer than   (B) less than
   (C) more than   (D) little than

10. (A) as such   (B) as ever
    (C) as usual   (D) as expected

TEST 29 詳解

　　你看看某人,然後將目光轉開,你已經做了某項陳述。你的視線停留如果再多一秒鐘,你又做了不同的陳述,多兩秒鐘,意義又改變了。在每一種情況下,都有一個標準的看人時間,也就是你的目光停留在某人身上,但不至於到無禮、有攻擊性或太過親密的時間。例如在電梯裡,標準看人時間是零。你可以往上看指示燈號,你可以往下看地板,任何地方就行,就是不要凝視著同一班電梯的其他乘客。在擁擠的地鐵或公車上,標準看人時間稍長一點,在外面街上再長一點。在街上,當我們走近某人時,可能會吸引他的目光,但是我們不可以凝視對方超過三秒鐘。匆匆一眼,如果不到三秒鐘,代表了你是另一個人,我就認可你是這樣的身分。如果你看著一個陌生人時間超過三秒鐘,你的意思是:我對你有興趣。

　　**　statement〔'stetmənt〕*n.* 陳述
　　　glance〔glæns〕*n.* 看一眼;匆匆一眼
　　　moral〔'mɔrəl〕*adj.* 道德的;端正的
　　　gaze〔gez〕*n.* 凝視　　rude〔rud〕*adj.* 無禮的
　　　aggressive〔ə'grɛsɪv〕*adj.* 攻擊的;有侵略性的
　　　elevator〔'ɛlə,vetə〕*n.* 電梯　　zero〔'ziro〕*n.* 零
　　　fellow〔'fɛlo〕*adj.* 同伴的;同一～的
　　　catch sb.'*s **eye*** 吸引某人的視線
　　　signal〔'sɪgn̩〕*v.* 做信號;代表
　　　recognize〔'rɛkəg,naɪz〕*v.* 承認;認可

1.(**C**) 依句意「另一項不同的」陳述,different 和 second 句意均
　　　　可,但二者都是形容詞,要加冠詞,故選 (C) *a different*。

2. (**D**) 表示「有」一個標準時間，應用 *there is*，選 (D)。

3. (**A**) (A) *intimate*〔'ɪntəmɪt〕*adj.* 親密的
   (B) adventurous〔əd'vɛntʃərəs〕*adj.* 冒險的
   (C) imitate〔'ɪmə,tet〕*v.* 模仿
   (D) agreeable〔ə'griəbḷ〕*adj.* 令人愉快的

4. (**C**) (A) indication〔,ɪndə'keʃən〕*n.* 指示；徵候
   (B) individual〔,ɪndə'vɪdʒuəl〕*adj.* 個別的
   (C) *indicator*〔'ɪndə,ketə〕*n.* 指示器
   (D) flickering〔'flɪkərɪŋ〕*adj.* 搖曳的；晃動的

5. (**B**) 凝視即看到人眼裡，用 look *into* the eyes…，選 (B)。

6. (**D**) 加強比較級的副詞用法為 *a little*，選 (D)。

7. (**C**) 依句意，時間會「再」長一點，同樣加強比較級的用法為
   still，選 (C)。

8. (**D**) 空格需要一副詞，且依句意指的是「在街上」，為地方副
   詞，故選 (D) *There*。

9. (**B**) 依照前後句意，後者指的是超過三秒鐘，可見前者應指
   「不到」三秒鐘，故選 (B) *less than*。

10. (**A**) 你是另一個人，我就認可你「是這樣的身分」，選 (A) *as
    such*，such 指 another human being。(B) as ever　依舊，
    (C) as usual　通常，(D) as expected　正如預料，均不合。

TEST 30

Read the following passage, and choose the best answer for each blank from the list below.

In your mode of living, ___1___ ambitious of adopting every extravagant fashion. Many fashions are not only inconvenient and expensive, ___2___ inconsistent ___3___ good taste. The love of finery is ___4___ savage origin. The rude inhabitant of the forest delights to deck his body with pieces of shining metal, with ___5___ feathers, and with some appendage dangling from the ears or nose. The same love of finery infects ___6___ men and women more or less, in every country, and the body is ___7___ with brilliant gems and gaudy attire. But true taste ___8___ great simplicity of dress. A well-made person is one of the most beautiful of all God's works, and a simple neat dress ___9___ this person ___10___ the best advantage.

1. (A) not   (B) do not
   (C) be not   (D) not be

2. (A) as well   (B) and
   (C) also   (D) but

3. (A) in   (B) with
   (C) to   (D) on

4. (A) in   (B) with
   (C) of   (D) by

5. (A) painted   (B) imagined
   (C) invaded   (D) flexible

6. (A) plausible   (B) primitive
   (C) impassioned   (D) civilized

7. (A) adorned   (B) identified
   (C) admitted   (D) resisted

8. (A) amends   (B) commends
   (C) demands   (D) commands

9. (A) disregards   (B) displays
   (C) displaces   (D) disgraces

10. (A) in   (B) on
    (C) to   (D) with

TEST 30 詳解

在你的生活方式中，不要野心勃勃，想追求過度的時尚。許多流行不只是不方便、很昂貴，而且也不合乎好的品味。喜愛華麗的服飾，其實是起源於野蠻人。森林裡那些粗野的居民，喜歡用閃亮的金屬片、上色的羽毛，來裝飾自己的身體，還有一些垂懸的裝飾品，從耳朵或鼻子垂下來。這種相同的喜好，或多或少感染到了文明人，在每個國家，人的身體就用明亮的寶石，和俗麗的衣著來裝飾。但是，真正的品味要求的是服裝的簡單。一個身材勻稱的人，就是上帝最美的傑作之一，而一套簡單整潔的服裝，就展現這個人最美好的一面。

```
** mode〔mod〕n. 方式
   ambitious〔æm'bɪʃəs〕adj. 野心勃勃的
   adopt〔ə'dɑpt〕v. 採用；接納
   extravagant〔ɪk'strævəgənt〕adj. 浪費的；過度的
   finery〔'faɪnərɪ〕n. 華麗的服裝、裝飾品等
   savage〔'sævɪdʒ〕adj. 野蠻的
   inhabitant〔ɪn'hæbətənt〕n. 居民
   delight〔dɪ'laɪt〕v. 喜歡    deck〔dɛk〕v. 裝飾 < with >
   shining〔'ʃaɪnɪŋ〕adj. 閃亮的    metal〔'mɛtl̩〕n. 金屬
   appendage〔ə'pɛndɪdʒ〕n.（垂懸的）附屬物
   dangle〔'dæŋgl̩〕v. 垂懸；懸吊    infect〔ɪn'fɛkt〕v. 感染
   more or less 或多或少    brilliant〔'brɪljənt〕adj. 明亮的
   gem〔dʒɛm〕n. 寶石    gaudy〔'gɔdɪ〕adj. 俗麗的
   attire〔ə'taɪr〕n. 服裝    simplicity〔sɪm'plɪsətɪ〕n. 簡單
   well-made〔'wɛl'med〕adj. 精巧的；身材勻稱的
```

1. (**C**) 此處為祈使句，且空格後為形容詞，故選 (C) *be not*。

2. (**D**) *not only~but (also)…* 不只～而且…

3. (**B**) *inconsistent* 〔,ɪnkən'sɪstənt 〕 *adj.* 不一致的 < *with* >

4. (**C**) *be of~origin* 起源於～

5. (**A**) 依句意選 (A) *painted*，指「被上色的」羽毛。(B) 指「被想像出來的」，(C) invade 〔ɪn'ved 〕 *v.* 入侵，(D) flexible 〔'flɛksəbḷ 〕 *adj.* 有彈性的，句意均不合。

6. (**D**) (A) plausible 〔'plɔzəbḷ 〕 *adj.* 似真實的
   (B) primitive 〔'prɪmətɪv 〕 *adj.* 原始的
   (C) impassioned 〔 ɪm'pæʃənd 〕 *adj.* 熱烈的
   (D) *civilized* 〔'sɪvḷ,aɪzd 〕 *adj.* 文明的

7. (**A**) (A) *adorn* 〔 ə'dɔrn 〕 *v.* 裝飾 (= *decorate*)
   (B) identify 〔 aɪ'dɛntə,faɪ 〕 *v.* 辨認
   (C) admit 〔 əd'mɪt 〕 *v.* 承認　(D) resist 〔 rɪ'zɪst 〕 *v.* 抵抗

8. (**C**) (A) amend 〔 ə'mɛnd 〕 *v.* 修補
   (B) commend 〔 kə'mɛnd 〕 *v.* 稱讚 (= *praise*)
   (C) *demand* 〔 dɪ'mænd 〕 *v.* 要求 (= *require*)
   (D) command 〔 kə'mænd 〕 *v.* 控制；命令

9. (**B**) (A) disregard 〔,dɪsrɪ'gɑrd 〕 *v.* 漠視
   (B) *display* 〔 dɪ'sple 〕 *v.* 展現
   (C) displace 〔 dɪs'ples 〕 *v.* 取代
   (D) disgrace 〔 dɪs'gres 〕 *v.* 使蒙羞

10. (**C**) *to advantage* 有利地；越發地

TEST 31

Read the following passage, and choose the best answer for each blank from the list below.

    Psychologists agree that most of us have creative ability
___1___ is greater than ___2___ we use in daily life.
___3___, we can be ___4___ more creative than we realize!
The problem is ___5___ we use mainly one hemisphere of
our brain—the left. From childhood, in school, we ___6___
reading, writing, and mathematics; we are ___7___ to very
little music or art. Therefore, many of us might not "exercise"
our right hemisphere much, ___8___ through dreams, symbols,
and those wonderful ___9___ in which we suddenly find the
answer to a problem that has been bothering us—and do so
___10___ the use of logic.

1. (A) that   (B) what
    (C) it   (D) this

2. (A) this   (B) which
    (C) as   (D) what

3. (A) For example   (B) In addition
    (C) In other words   (D) As a result

4. (A) rather   (B) other
    (C) ever   (D) far

5. (A) whether   (B) that
    (C) if   (D) for

6. (A) taught   (B) have taught
    (C) are taught   (D) teach

7. (A) proposed   (B) exposed
    (C) disposed   (D) imposed

8. (A) instead   (B) than
    (C) apart   (D) except

9. (A) requests   (B) paraphrases
    (C) insights   (D) foundations

10. (A) with   (B) without
    (C) according to   (D) far from

TEST 31 詳解

　　心理學家同意，我們大多數人的創造力，都大過於我們在日常生活中所使用的。換句話說，我們可能比我們想像中更有創造力。問題在於，我們主要都只使用大腦的左半邊。從小時候起，在學校裡，我們被教導閱讀、寫作、數學；我們很少接觸到音樂或藝術。因此，我們當中有許多人，除了透過夢境、符號，以及奇妙的洞察力，也就是面對一直在困擾我們的問題時，可能會福至心靈，突然發現答案之外，可能不太常用到我們的右腦，而以上這麼做時，都不須使用到邏輯。

**　psychologist〔saɪˋkɑlədʒɪst〕*n.* 心理學家
　　creative〔krɪˋetɪv〕*adj.* 創造性的
　　hemisphere〔ˋhɛmə,sfɪr〕*n.* 半球
　　symbol〔ˋsɪmbḷ〕*n.* 象徵；符號
　　bother〔ˋbɑðɚ〕*v.* 困擾　　logic〔ˋlɑdʒɪk〕*n.* 邏輯

1. (**A**) 空格引導形容詞子句，修飾先行詞 creative ability，故需要關代，故選 (A) *that*。

2. (**D**) 空格中原應指 *the ability that* we use…，為避免先行詞重複，以複合關代 *what* 代替，選 (D)。

3. (**C**) (A) 例如
　　　　(B) in addition　此外
　　　　(C) *in other words*　換句話說
　　　　(D) as a result　因此

4. (**D**) 空格修飾比較級，故選 (D) *far*。(C) 應改成 even。

   (A) rather〔'ræðɚ〕*adv.* 相當地

5. (**B**) 空格需要一連接詞，引導名詞子句做主詞補語，選

   (B) *that*。(A) whether 和 (C) if 也可引導名詞子句，

   但爲疑問語氣，在此句意不合。

6. (**C**) 依句意，我們應該是「被教導」閱讀、寫作等，用被動，

   選 (C) *are taught*。

7. (**B**) (A) propose〔prə'poz〕*v.* 提議

   (B) *expose*〔ɪk'spoz〕*v.* 暴露；接觸 < *to* >

       be exposed to 暴露在～之中；接觸到～

   (C) dispose〔dɪ'spoz〕*v.* 處置

   (D) impose〔ɪm'poz〕*v.* 加於 < *on* >

8. (**D**) 依句意，除了後文提到的三點之外，我們很少用到右腦，

   表示「除外不算」，選 (D) *except*。

   (A) instead 表「取而代之」，(B) 用於比較級，

   (C) apart 爲副詞，表「分開地」，均不合。

9. (**C**) (A) request〔rɪ'kwɛst〕*n.* 要求

   (B) paraphrase〔'pærə,frez〕*n.* 意譯；改寫

   (C) *insight*〔'ɪn,saɪt〕*n.* 洞察力

   (D) foundation〔faʊn'deʃən〕*n.* 基礎

10. (**B**) 依句意，這麼做「不須」用到邏輯，選 (B) *without*。

    (C) according to 根據，(D) far from 絕非，不合。

TEST 32

Read the following passage, and choose the best answer for each blank from the list below.

Many researchers point out that people in this generation live in a so-called "dehumanized" world, ____1____ education appears ____2____ an accomplice of this vicious process. Many people, when reminiscing and studying ____3____ experiences, state with concern that our educational system has become ill. The curricula of our educational system have become gravely biased. The consequence is that expertise has ____4____ humanness. Biased education may produce "experts," but it will also cause "human beings" ____5____.

Scholars ____6____ are concerned with education propose that humanness is the ____7____ of education. The purpose of education ____8____ the process of "humanization," thus ____9____ a wholesome work in the human being. One should examine education ____10____ different angles and utilize various methods to achieve a more human society.

1. (A) and   (B) but
   (C) then   (D) and that

2. (A) being   (B) be
   (C) to be   (D) been

3. (A) past   (B) pass
   (C) passing   (D) passed

4. (A) replaced   (B) been replaced
   (C) been taken the place of
   (D) been taking place

5. (A) disappear   (B) to disappear
   (C) disappearing   (D) disappeared

6. (A) which   (B) whichever
   (C) who   (D) whoever

7. (A) coach   (B) coast
   (C) cone   (D) core

8. (A) lies in   (B) brings in
   (C) results in   (D) persists in

9. (A) create   (B) creates
   (C) creating   (D) created

10. (A) with   (B) to
    (C) about   (D) from

TEST 32 詳解

　　許多研究人員指出，這一代的人活在一個所謂「沒有人性的」世界，而教育似乎就是這個惡性過程的共犯。很多人在追憶並研究過去的經驗時，關心地提到，我們的教育體系生病了。我們教育體系下的課程，已經嚴重偏頗，後果就是，專門知識取代了人性。偏頗的教育可以製造出「專家」，但也可能導致「人類」的消失。

　　關心教育的學者們提議，人性是教育的核心，教育的目的在於人性化的過程，因此能夠創造一個人良善的一面。我們應該從不同的角度來檢測教育，利用各種方法，來達成更人性化的社會。

** generation〔͵dʒɛnəˊreʃən〕*n.* 世代
　dehumanized〔dɪˊhjuməͺnaɪzd〕*adj.* 沒有人性的
　accomplice〔əˊkɑmplɪs〕*n.* 共犯
　vicious〔ˊvɪʃəs〕*adj.* 惡性的；不良的
　reminisce〔͵rɛməˊnɪs〕*v.* 追憶　　state〔stet〕*v.* 提及
　with concern 關心地　　curricula〔kəˊrɪkjələ〕*n. pl.* 課程
　gravely〔ˊgrevlɪ〕*adv.* 嚴重地
　biased〔ˊbaɪəst〕*adj.* 有偏見的
　consequence〔ˊkɑnsəͺkwɛns〕*n.* 後果
　expertise〔͵ɛkspɚˊtiz〕*n.* 專門知識
　be concerned with 關心　　propose〔prəˊpoz〕*v.* 提議
　wholesome〔ˊholsəm〕*adj.* 有益的
　examine〔ɪgˊzæmɪn〕*v.* 檢查　　utilize〔ˊjutlͺaɪz〕*v.* 利用

1. (**D**) 依句意，and 連接空格前後二個 that 子句，都做 point out 的受詞，第二個子句的 that 不可省略，故選 (D) ***and that***。

2. (**C**) appears 在此做「似乎」解，其後應接不定詞做補語，
選 (C) *to be*。

3. (**A**) 指「過去的」經驗，用形容詞，選 (A) *past*。
(B) pass 為動詞，指「經過」，(C) passing 也可做形容詞，
但指「經過的；一時的」，句意不合。

4. (**A**) 依句意，專門知識「取代」人性，為主動，選 (A) *replaced*。
(B) 為被動，(C) take the place of 也是「取代」之意，但用
被動也不合，(D) take place 表「發生」，句意不合。

5. (**B**) cause 接受詞後，要接不定詞，故選 (B) *to disappear*。

6. (**C**) 空格需要關代，且先行詞為「人」，故選 (C) *who*。

7. (**D**) (A) coach〔kotʃ〕*n.* 教練　(B) coast〔kost〕*n.* 海岸
(C) cone〔kon〕*n.* 圓錐體　(D) *core*〔kor〕*n.* 核心

8. (**A**) (A) *lie in*　在於　　　　(B) bring in　獲利
(C) result in　導致（ = *cause* ; *lead to* ）
(D) persist〔pɚ'sɪst〕*v.* 堅持 < *in* >

9. (**C**) 前後兩子句中沒有連接詞，故第二句的動詞應用分詞，
選 (C) *creating*。

10. (**D**) angle〔'æŋgl〕*n.* 角度，指「從～角度」，介系詞用 *from*，
選 (D)。

TEST 33

Read the following passage, and choose the best answer for each blank from the list below.

One of the hardest parts about going away to college is
___1___ the people you leave behind. ___2___ you're a
freshman or a senior in college, leaving your close friends
behind can be difficult. Some of the people I ___3___ my best
friends in the whole world are the ones I went to high school
___4___. The fact ___5___ we are hundreds of miles ___6___
nine months out of the year only makes us recognize that the
time we share with each other is so precious.

One of the best parts about coming to college is, of course,
the opportunity to make new friends. But making new friends
doesn't mean you have to give up your old ones. You don't
have to ___7___ one group for the other; you just have to keep
the balance between these two groups.

College, ___8___ we are all finding out, is a place to
grow up and become more mature. You need to find out who
you are and who you want to become, and ___9___, learn the
significant lessons of life. Keeping old friends and making new
friends is one of those lessons. Furthermore, if a friendship is
special enough, it will ___10___ time and distance.

1. (A) saying goodbye to
   (B) say goodbye to
   (C) saying goodbye
   (D) say goodbye

2. (A) If   (B) Whether
   (C) As   (D) Either

3. (A) regard   (B) view
   (C) consider   (D) think of

4. (A) x   (B) to
   (C) with   (D) for

5. (A) which   (B) what
   (C) as   (D) that

6. (A) apart   (B) apart from
   (C) away from   (D) from

7. (A) sample   (B) satisfy
   (C) sacrifice   (D) scatter

8. (A) unless   (B) though
   (C) since   (D) as

9. (A) after all   (B) in all
   (C) most of all
   (D) most important

10. (A) surpass   (B) survive
    (C) trespass   (D) revive

TEST 33 詳解

　　有關離家讀大學,最困難的部分之一就是,你得離開一些人,和他們說再見。無論你是大學新鮮人或即將畢業,要離開你親密的朋友都是很困難的。在我視為全世界最要好的朋友當中,有些是和我一起讀高中的同學。而我們一年中有九個月,必須分開數百哩遠的事實,只會使我們承認,我們彼此分享的那段時光是多麼珍貴。

　　上大學最好的部分之一,當然就是有機會認識新朋友。但是,交了新朋友並不代表,你必須放棄老朋友。你不必為了一群人犧牲另一群人;你只須保持兩群人之間的平衡。

　　大學,正如我們會發現的,是個讓我們成長、成熟的地方。你必須發現你的真我,你想成為怎樣的人,最重要的是,學習生命的重要課題。維持舊的友誼和結識新的朋友,正是這些課題之一。此外,如果一段友誼夠特殊,它就能禁得起時間和距離的考驗。

**　** ***leave behind*** 遺留;離開
　　freshman〔'frɛʃmən〕*n.* 新鮮人 (大一或高一學生)
　　senior〔'sinjɚ〕*n.* 最高年級學生 (大四或高三學生)
　　recognize〔'rɛkəg,aɪz〕*v.* 承認;認可
　　balance〔'bæləns〕*n.* 平衡　　mature〔mə'tjur〕*adj.* 成熟的
　　significant〔sɪg'nɪfəkənt〕*adj.* 重要的;意義重大的

1. (**A**) 表「向某人說再見」用 say goodbye to sb. ,而在 is 之後做補語應用動名詞,故選 (A) ***saying goodbye to***。

2. (**B**) 依句意,「無論」你是大一或大四學生,用 ***Whether***…or…,選 (B)。

3. (**C**) 表示「視 A 為 B」，可用 regard / view / think of A *as* B，
而唯一不與 as 連用的為 *consider A (to be) B*，故選 (C)。

4. (**C**) 依句意，我最好的朋友當中，有些是「和我一起」上高中
的同學，選 (C) *with*。

5. (**D**) 空格為一連接詞，引導名詞子句 we are…the year，做主詞
The fact 的同位語，故選 (D) *that*。

6. (**A**) 表示我們「分開～距離之遠」，副詞選 (A) *apart*。
(B)、(C)、(D) 介系詞 from 都要接受詞，在此用法不合。

7. (**C**) (A) sample〔'sæmpl〕*v.* 抽樣
(B) satisfy〔'sætɪs,faɪ〕*v.* 使滿意
(C) *sacrifice*〔'sækrə,faɪs〕*v.* 犧牲
(D) scatter〔'skætə〕*v.* 散布

8. (**D**) (A) 除非　(B) 雖然　(C) 自從　(D) 正如

9. (**C**) (A) after all　畢竟　　　　(B) in all　總計
(C) *most of all*　最重要的是（= *above all*）
(D) 應用副詞 most importantly　最重要的是

10. (**B**) (A) surpass〔sə'pæs〕*v.* 超越
(B) *survive*〔sə'vaɪv〕*v.* 存活；活得比～久
(C) trespass〔'trɛspəs〕*v.* 非法入侵；闖入
(D) revive〔rɪ'vaɪv〕*v.* 復活

TEST 34

Read the following passage, and choose the best answer for each blank from the list below.

The deep, azure waters of Lake Mead are sparkling and mystical when ___1___ from along its shores or from a sight-seeing helicopter. The stunning lake, ___2___ its crystalline waters embraced by mountains and lined with red, brown, tan and black rocks, ___3___ campers, water skiers, swimmers, anglers, windsurfers, scuba ___4___, houseboat cruisers and many more. Cruising Lake Mead is a perfect getaway and a sure cure for water enthusiasts who seek a reprieve ___5___ the hustle and bustle of everyday life.

Lake Mead is a phenomenal testament to the vision, creativity and determination of the human spirit. It is the largest man-made lake in the country. Created in 1935 ___6___ the completion of the Hoover Dam, Lake Mead is the focal point of the Lake Mead Recreation Area. The lake straddles Nevada and Arizona with more than 550 miles of shoreline. ___7___ 110 miles long, it ___8___ eight miles ___9___ its widest point, and is as deep as 500 feet in some places. Lake Mead is a water source for nearly 25 million people. Las Vegas receives most of its drinking water from Lake Mead ___10___ the Nevada Water Project.

1. (A) preserved   (B) observed
   (C) conserved   (D) reserved

2. (A) for   (B) by
   (C) in   (D) with

3. (A) beckons   (B) reckons
   (C) deserts   (D) asserts

4. (A) dives   (B) diving
   (C) divers   (D) divine

5. (A) from   (B) to
   (C) of   (D) on

6. (A) by way of   (B) by means of
   (C) as a result of (D) in case of

7. (A) Stretch   (B) Stretched
   (C) Stretches   (D) Stretching

8. (A) measure   (B) measures
   (C) measures by (D) measures at

9. (A) with   (B) at
   (C) as   (D) around

10. (A) about   (B) upon
   (C) through   (D) without

TEST 34 詳解

　　當你沿著岸邊，或從觀光直升機上觀察時，密德湖深邃、蔚藍的湖水旣閃耀又神秘。這麼美的湖，水晶似的湖水、群山環繞、岸邊排列著紅色、棕色、黃褐色、黑色的石頭，召喚著露營的人、滑水的人、泳客、釣客、玩風浪板的人、潛水的人、住宿遊艇及其他很多很多人。乘船遊密德湖是最佳消遣，而且對於熱愛水上活動、想逃脫日常生活繁忙的人而言，絕對是一帖良藥。

　　密德湖是人類精神在視覺上、創意上及決心方面的驚人展現。它是全美國最大的人工湖泊。一九三五年，由於胡佛水壩的興建完工而落成，它即成爲整個密德湖休憩園區的焦點。密德湖跨越內華達州和亞利桑那州，岸線超過五百五十哩，延伸一百一十哩長、最寬之處有八哩，部分地方深達五百呎。密德湖提供將近二千五百萬人口的水源，在內華達水利計劃中，拉斯維加斯的飲用水，大部分都來自密德湖。

```
**  azure〔'æʒɚ〕adj. 蔚藍的；天藍色的
    sparkling〔'spɑrklɪŋ〕adj. 閃耀的
    mystical〔'mɪstɪkl̩〕adj. 神秘的
    sightseeing〔'saɪt,siɪŋ〕n. 觀光；遊覽
    helicopter〔'hɛlə,kɑptɚ〕n. 直升機
    stunning〔'stʌnɪŋ〕adj. 美極了的
    crystalline〔'krɪstl̩ɪn , -,aɪn〕adj. 水晶似的
    embrace〔ɪm'bres〕v. 擁抱；圍繞
    tan〔tæn〕adj. 黃褐色的      camper〔'kæmpɚ〕n. 露營者
    angler〔'æŋglɚ〕n. 垂釣者
    windsurfer〔'wɪnd,sɝfɚ〕n. 玩風浪板的人
```

houseboat〔'haʊs,bot〕*n.* 船屋；有住宿設備的遊艇

cruiser〔'kruzɚ〕*n.* 遊艇　　cruise〔kruz〕*v.* 乘船巡航

getaway〔'gɛtə,we〕*n.* 逃走；消遣；解悶（= *escape*）

enthusiast〔ɪn'θjuzɪ,æst〕*n.* 熱中者

reprieve〔rɪ'priv〕*n.* 暫時解脫（= *relief*）

hustle and bustle 熙熙攘攘；喧擾；匆忙

phenomenal〔fə'nɑmənḷ〕*adj.* 驚人的（= *remarkable*）

testament〔'tɛstəmənt〕*n.* 證據（= *evidence* ; *proof*）

vision〔'vɪʒən〕*n.* 視覺　　creativity〔,krie'tɪvətɪ〕*n.* 創意

determination〔dɪ,tɜmə'neʃən〕*n.* 決心

spirit〔'spɪrɪt〕*n.* 精神　　completion〔kəm'pliʃən〕*n.* 完成

dam〔dæm〕*n.* 水壩　　***focal point*** 焦點

recreation〔,rɛkrɪ'eʃən〕*n.* 休閒；消遣

straddle〔'strædḷ〕*v.* 跨越　　shoreline〔'ʃor,laɪn〕*n.* 岸線

project〔'prɑdʒɛkt〕*n.* 計劃

1.(**B**)　(A) preserve〔prɪ'zɜv〕*v.* 保存

　　(B) ***observe***〔əb'zɜv〕*v.* 觀察

　　(C) conserve〔kən'sɜv〕*v.* 保存

　　(D) reserve〔rɪ'zɜv〕*v.* 預定

　　空格是由 when ***it is observed*** 省略 it is 而成的，故用過去
　　分詞，表被動。

2.(**D**)　表示「附帶狀態的說明」，介系詞用 ***with***，選 (D)。

3.(**A**)　(A) ***beckon***〔'bɛkən〕*v.* 召喚

　　(B) reckon〔'rɛkən〕*v.* 計算；認為

　　(C) desert〔dɪ'zɜt〕*v.* 遺棄

　　(D) assert〔ə'sɜt〕*v.* 斷言；主張

4. (**C**) 前後文提到各種「人」，因此，此處也應指「潛水的人」，
故選 (C) **divers**。(A) dive 和 (B) diving 指「潛水」，
(D) divine〔dəˈvaɪn〕*adj.* 神聖的，均不合。

5. (**A**) reprieve 為「暫時解脫」之意，表示「從～」解脫，介系
詞用 *from*，選 (A)。

6. (**C**) (A) by way of 經由；藉由
(B) by means of 藉由
(C) *as a result of* 由於；因為
(D) in case of 萬一發生

7. (**D**) 由於空格前沒有主詞，可見主詞與後句相同，但被省略，
故動詞應改成分詞，選 (D) *Stretching*。

8. (**B**) measure〔ˈmɛʒɚ〕*v.* 測量，表示某物「測量起來有～長、
寬、高等」，用「S + measure(s) + 數字 + 單位」，不須接
介系詞，故選 (B) *measures*。

9. (**B**) 表示「在最寬之處」，介系詞用 *at*，選 (B)。

10. (**C**) 依句意，應是拉斯維加斯「因為有」內華達水利計劃，而
使用密德湖水源，故空格應選 (C) *through*。

TEST 35

Read the following passage, and choose the best answer for each blank from the list below.

___1___ a baby between six and nine months old, and you will observe the basic concepts of geometry being learned. Once the baby has mastered the idea that space is three dimensional, it ___2___ and begins grasping various kinds of objects. It is then, from perhaps nine to fifteen months, ___3___ the concepts of sets and numbers are formed. So far, so good. But now an ominous development takes place. The nerve fibers in the brain insulate themselves in ___4___ way that the baby begins to hear sounds very precisely. Soon it ___5___ language, and it is then brought into direct communication with adults. From this point ___6___, it is usually downhill all the way for mathematics, because the child now becomes ___7___ all the nonsense words and beliefs of the community into which it has been so unfortunate ___8___ have been born. Nature, having done very well to this point, having permitted the child the luxury of thinking for itself for eighteen months, now abandons it to the arbitrary conventions and beliefs of society. But at least the child knows something of geometry and numbers, and it will always retain some memory of the early happy days, no matter ___9___ variations it may suffer ___10___ on.

1. (A) If you watch   (B) Watch
   (C) Watching   (D) If watching

2. (A) points out   (B) makes out
   (C) reaches out   (D) writes out

3. (A) what   (B) which
   (C) that is   (D) that

4. (A) such   (B) such that
   (C) such a   (D) so

5. (A) picks up   (B) looks up
   (C) makes up   (D) sits up

6. (A) out   (B) away
   (C) about   (D) on

7. (A) imposed on   (B) exposed to
   (C) proposed to   (D) disposed of

8. (A) that   (B) to
   (C) as to   (D) as that

9. (A) where   (B) when
   (C) how   (D) what

10. (A) latter   (B) later
    (C) last   (D) latest

TEST 35 詳解

　　看著一個六至九個月大的嬰兒，你就會觀察到，幾何學的基本概念正逐漸在學成中。一旦嬰兒學得三度空間的事實時，他會伸手出去，開始去抓住各式各樣的物體。然後，就在寶寶大約九至十五個月大時，集合和數字的概念形成了。到目前為止，一切都好。但是現在，有個不祥的發展就要開始了。大腦中的神經纖維會自我隔離，所以寶寶開始明確地聽見聲音，很快地，他會學得語言，接著就能與大人直接溝通。從這個時期起，他的數學能力通常就會一路下滑，因為小孩現在接觸到，他不幸誕生於此的這個充滿了亂七八糟的文字和想法的社會。大自然到這個時期為止，表現得還相當不錯，給予孩子十八個月能獨力思考的樂趣，現在它將孩子拋棄給社會中那些武斷專制的傳統和信仰。但至少孩子還知道一些幾何學和數字，而且無論他日後會遭受到什麼樣的變化，他永遠會保有一些小時候快樂時光的記憶。

** observe〔əbˋzɝv〕*v.* 觀察　　concept〔ˋkɑnsɛpt〕*n.* 概念
　geometry〔dʒiˋɑmətrɪ〕*n.* 幾何學
　master〔ˋmæstɚ〕*v.* 精通；學會
　dimensional〔dəˋmɛnʃənḷ〕*adj.* 次元的
　grasp〔græsp〕*v.* 抓住　　ominous〔ˋɑmənəs〕*adj.* 不祥的
　nerve〔nɝv〕*n.* 神經　　fiber〔ˋfaɪbɚ〕*n.* 纖維
　insulate〔ˋɪnsəˌlet〕*v.* 絕緣；隔離
　precisely〔prɪˋsaɪslɪ〕*adv.* 精確地
　direct〔dəˋrɛkt〕*adj.* 直接的
　downhill〔ˋdaʊnˌhɪl〕*adv.* 走下坡；向下地

all the way 一路　　nonsense〔'nɑn,sɛns〕*n.* 胡說八道
community〔kə'mjunətɪ〕*n.* 社會
unfortunate〔ʌn'fɔrtʃənɪt〕*adj.* 不幸的
permit〔pə'mɪt〕*v.* 允許；使～有可能
luxury〔'lʌkʃərɪ〕*n.* 奢侈（品）；樂趣
for oneself 為自己；獨力　　abandon〔ə'bændən〕*v.* 拋棄
arbitrary〔'ɑrbə,trɛrɪ〕*adj.* 武斷的；專制的
convention〔kən'vɛnʃən〕*n.* 傳統
belief〔bɪ'lif〕*n.* 信仰　　retain〔rɪ'ten〕*v.* 保留
memory〔'mɛmərɪ〕*n.* 記憶
variation〔,vɛrɪ'eʃən〕*n.* 變化

1. (**B**)　「祈使句～,＋and＋子句…」表「如果～，就…」之意，
祈使句相當於表條件的子句，故本題選 (B) *Watch*。

2. (**C**)　(A) point out　指出
　　　　　(B) make out　了解（ = *understand*）
　　　　　(C) *reach out*　伸手出去
　　　　　(D) write out　謄寫；全部寫出

3. (**D**)　此處為加強語氣的強調句型，公式為:「It is/was＋強調
部分＋that＋其餘部分」，故空格填 (D) *that*。

4. (**C**)　由後面的 that 子句可知，此處為表「如此～以致於…」
的句型，空格後 way 為可數單數名詞，須使用冠詞，故
應用 *such a*，選 (C)。(D) so 為副詞，用於修飾形容詞或
副詞，用法不合。

5. (**A**) (A) ***pick up*** 學習;得到 (= *learn* ; *acquire*)

(B) look up 查閱;往上看

(C) make up 組成;和好;虛構

(D) sit up 坐正;熬夜 (= *stay up*)

6. (**D**) 表示「從～時候起」,用 from～*on*,選 (D)。

7. (**B**) (A) impose 〔 ɪm'poz 〕 *v.* 加於;強加 < *on* >

(B) ***expose*** 〔 ɪk'spoz 〕 *v.* 暴露;接觸 < *to* >

(C) propose 〔 prə'poz 〕 *v.* 提議

(D) dispose 〔 dɪ'spoz 〕 *v.* 處置　　dispose of 處理掉

8. (**C**) 由空格後的動詞可知,此處應用「***so～as to + V*** 如此～以致於…」的句型,選 (C)。(A) so～that 應接子句,在此用法不合。

9. (**D**) no matter + wh 疑問詞,表示「無論～」之意,此處依句意,「無論遭受什麼樣的變化」,選 (D) ***what***。

(A) no matter where 無論何地,(B) no matter when 無論何時,(C) no matter how～ 無論多麼～,均不合。

10. (**B**) (A) latter 〔'lætɚ 〕 *adj.* 較後的　*n.* 後者 (順序上較後)

(B) ***later*** 〔'letɚ 〕 *adj.* , *adv.* 後來 (時間上較晚)

later on 稍後;日後

(C) last 〔 læst 〕 *adj.* , *adv.* 最後 (順序上最後)

(D) latest 〔'letɪst 〕 *adj.* 最新的 (時間上最晚)

TEST 36

Read the following passage, and choose the best answer for each blank from the list below.

The country of Australia is remote and vast. The nation's distance ____1____ its neighbors has forced the Australian people to be ____2____. And their huge country has provided Australians ____3____ the natural resources they need to live. Australians have a healthy, outdoor lifestyle and enjoy a high standard of ____4____. Most of the country's 17.8 million people live in the ____5____ strip of land on the east and south-east coast. Many of them live in Melbourne and Sydney, the two largest cities, and in the nation's capital, Canberra, all of ____6____ lie in this strip. The region also contains four of Australia's six states and two territories. Inland ____7____ the outback—the flat, hot, barren interior of the continent. Today few people live in the outback, ____8____ the original inhabitants of Australia, the Aborigines, learned to survive the harsh conditions there. Some of Australia's 228,000 aboriginals still ____9____ a traditional life in the outback. However, many have now moved to cities. Most other Australians are ____10____ of settlers from Britain and other European nations, and from Southeast Asia.

1. (A) to   (B) with
   (C) and   (D) from

2. (A) self-centered   (B) self-evident
   (C) self-conscious   (D) self-reliant

3. (A) for   (B) with
   (C) by   (D) of

4. (A) living   (B) lives
   (C) life   (D) livelihood

5. (A) sterile   (B) fertile
   (C) hostile   (D) futile

6. (A) whom   (B) that
   (C) which   (D) what

7. (A) lays   (B) lies
   (C) lay   (D) lie

8. (A) since   (B) because
   (C) though   (D) unless

9. (A) take   (B) make
   (C) live   (D) put

10. (A) descendants   (B) ancestors
    (C) instructors   (D) principals

TEST 36 詳解

　　澳洲這個國家地處偏遠，國土又遼闊。由於距離其他鄰近國家非常遙遠，迫使澳洲人必須自給自足，而廣大的土地，提供了澳洲人生活所需的天然資源。澳洲人擁有健康、戶外的生活方式，生活水準相當高。全國一千七百八十萬人口中，大部分居住在東邊和東南沿海肥沃的狹長地帶。許多人住在最大的兩個都市，墨爾本和雪梨，以及首都坎培拉，這三個都市都處於這個狹長地帶上。澳洲全國有六個州、二個地方，這個地帶也包含了其中四處。澳洲的內地也就是整座大陸的內部，是平坦、炎熱、貧瘠的地區。如今很少人居住在此，只剩下澳洲的原住民，他們早已學會在如此惡劣的環境下生存。在澳洲二十二萬八千原住民中，有部分人仍然在內地裡過著傳統的生活，然而，也有許多人已經移居到都市裡。而其他澳洲人則多半是來自英國、其他歐洲國家，及東南亞移民的後代子孫。

** remote 〔 rɪˋmot 〕 *adj.* 遙遠的；偏僻的

vast 〔 væst 〕 *adj.* 廣大的　　　strip 〔 strɪp 〕 *n.* 長條

Melbourne 〔 ˋmɛlbən 〕 *n.* 墨爾本 (澳洲東南維多利亞省首府)

Sydney 〔 ˋsɪdnɪ 〕 *n.* 雪梨 (澳洲東南海港，是澳洲最大的都市)

capital 〔 ˋkæpətḷ 〕 *n.* 首都；首府

Canberra 〔 ˋkænbərə 〕 *n.* 坎培拉 (澳洲首都)

region 〔 ˋridʒən 〕 *n.* 地區

territory 〔 ˋtɛrə͵torɪ 〕 *n.* 領土；地方

inland 〔 ˋɪnlənd 〕 *adj.* 在內陸　　*the outback* (澳洲的) 內地

flat 〔 flæt 〕 *adj.* 平坦的　　　barren 〔 ˋbærən 〕 *adj.* 貧瘠的

interior 〔 ɪnˋtɪrɪə 〕 *n.* 內部

continent 〔 ˋkɑntn̩ənt 〕 *n.* 洲；大陸

inhabitant 〔 ɪnˋhæbətənt 〕 *n.* 居民

Aborigine〔ˌæbəˈrɪdʒəˌni〕 n.（特指澳洲的）原住民
survive〔 səˈvaɪv 〕 v. 生存；殘存
harsh〔 hɑrʃ 〕 adj. 嚴峻的；殘酷的
aboriginal〔ˌæbəˈrɪdʒənḷ〕 n. 原住民
settler〔ˈsɛtlɚ〕 n. 移民

1. (**D**) 表示「離某處多少距離」，distance 之後習慣用介系詞
   from，故選 (D)。

2. (**D**) (A) self-centered〔ˈsɛlfˈsɛntəd〕 adj. 自我中心的；自私的
   (B) self-evident〔ˈsɛlfˈɛvədənt〕 adj. 不證自明的
   (C) self-conscious〔ˈsɛlfˈkɑnʃəs〕 adj. 神經兮兮的；害羞的
   (D) ***self-reliant***〔ˈsɛlfrɪˈlaɪənt〕 adj. 靠自己的；自力更生的

3. (**B**) ***provide*** sb. ***with*** sth. 提供某人某物
   = provide sth. for sb.

4. (**A**) (A) ***living***〔ˈlɪvɪŋ〕 n. 生活
   standard of living 生活水準
   (C) 用於 quality of life 生活品質
   (D) livelihood〔ˈlaɪvlɪˌhʊd〕 n. 生計

5. (**B**) (A) sterile〔ˈstɛrəl〕 adj. 貧瘠的（= ***barren***）
   (B) ***fertile***〔ˈfɝtḷ〕 adj. 肥沃的
   (C) hostile〔ˈhɑstḷ〕 adj. 有敵意的
   (D) futile〔ˈfjutḷ〕 adj. 徒勞的；無用的

6.(**C**) 空格代替前三者，且爲連接詞連接前後句子，爲關係
代名詞的用法，且在介系詞之後，關代不可用 that，
故選 (C) *which*。

7.(**B**) 表示「處於；位於」，應用 lie，且本句爲倒裝句，主詞
是 the outback，爲單數，句首的 inland 爲副詞，動詞
與主詞一致，應用單數，故選 (B) *lies*。
lay 爲及物動詞，表「產（卵）；放置；奠定」之意，
用法、句意均不合。

8.(**C**) 前後二句語氣有轉折，故使用表「讓步」的連接詞，
選 (C) *though* 雖然。

9.(**C**) 表示「過著～的生活」，用 *live a～life* 或 lead a～life，
選 (C)。

10.(**A**) (A) *descendant*〔dɪˋsɛndənt〕*n.* 後代；子孫
(B) ancestor〔ˋænsɛstɚ〕*n.* 祖先
(C) instructor〔ɪnˋstrʌktɚ〕*n.* 指導者；教師
(D) principal〔ˋprɪnsəpḷ〕*n.* 校長

TEST 37

Read the following passage, and choose the best answer for each blank from the list below.

Teaching is supposed to be a(n) ___1___ activity requiring long and complicated training as well as official certification. The act of teaching ___2___ a flow of knowledge from a higher source to an empty container. The student's role is one of ___3___ information; the teacher's role is one of sending it. There is clear distinction assumed between the one who is supposed to know (and therefore not capable of being wrong) and ___4___, usually younger people who are not supposed to know. However, teaching need not be the province of a special group of people ___5___ referred to as a technical skill. Teaching can be ___6___ like guiding and assisting rather than forcing information into a supposedly empty head. If you have a certain skill you ___7___ to share it with someone. You do not have to ___8___ to convey what you know to someone or to help them in their attempt to teach themselves. All of us, from the very youngest children to the oldest members of our cultures should come to realize our own ___9___ as teachers. We can share what we know, however ___10___ it might be, with someone who has a need for that knowledge or skill.

1. (A) amateur   (B) lasting
   (C) professional   (D) enduring

2. (A) is thought   (B) is meant
   (C) regarded as
   (D) is looked upon as

3. (A) given   (B) receiving
   (C) bringing   (D) perceived

4. (A) the others   (B) another
   (C) others   (D) one another

5. (A) so it needs to be   (B) so need it be
   (C) nor it need be   (D) nor need it be

6. (A) more   (B) little
   (C) much   (D) less

7. (A) must   (B) are capable
   (C) can be able
   (D) should be able

8. (A) quality   (B) certify
   (C) get certified
   (D) have certificate

9. (A) potential   (B) opportunity
   (C) neglect   (D) obligation

10. (A) much   (B) hardly
    (C) urgent   (D) little

TEST 37 詳解

　　教學被認爲是一項專業的活動，需要長期而複雜的訓練，與正式的檢定。教學這項行爲，被視爲是一種知識的流動，由較高的源頭流向一個空的容器。學生的角色是接受資訊，老師的角色是傳送資訊。人們假定，在一個被認爲應當要知道的人（因此，不能夠犯錯），與其餘經常是較年輕，而被認爲不應該知道的人之間，有一個明顯的差別。然而，教學不一定是一群特定人的領域，教學也不必被看作是一項專門技術。教學可以更像是引導及輔助，而不是硬把資訊塞入一個想像中空無一物的腦袋。如果你擁有某項技能，你應該能夠與別人分享。你不一定要經過認證，才能把你所知道的傳達給別人，或者在別人嘗試自學時幫助他們。我們所有人，從最小的小孩到我們文化社會中最年長的成員，都應該了解到，我們都具有作爲教師的潛力。不論我們所知有多麼的少，我們都可以將這些事情，和需要那項知識或技巧的人分享。

　　** ***be supposed to* + *V*** 被認爲是；應該
　　require〔rɪ'kwaɪr〕*v.* 需要
　　complicated〔'kɑmplə,ketɪd〕*adj.* 複雜的
　　official〔ə'fɪʃəl〕*adj.* 正式的
　　certification〔,sɝtəfə'keʃən〕*n.* 檢定；證明
　　flow〔flo〕*n.* 流動　　container〔kən'tenɚ〕*n.* 容器
　　distinction〔dɪ'stɪŋkʃən〕*n.* 差別
　　assume〔ə'sjum〕*v.* 假定　　***be capable of*** 能夠
　　province〔'prɑvɪns〕*n.* 領域；範圍
　　refer to A as B 視 A 爲 B（= *regard A as B*）
　　technical〔'tɛknɪkl̩〕*adj.* 專門的　　guide〔gaɪd〕*v.* 引導

> assist〔ə'sɪst〕*v.* 幫助　　force〔fors〕*v.* 強迫
> supposedly〔sə'pozɪdlɪ〕*adv.* 想像中地
> convey〔kən've〕*v.* 傳達　　attempt〔ə'tɛmpt〕*n.* 嘗試

1.(**C**) (A) amateur〔'æmə,tʃur〕*adj.* 業餘的
   (B) lasting〔'læstɪŋ〕*adj.* 持久的
   (C) *professional*〔prə'fɛʃənl̩〕*adj.* 專業的
   (D) enduring〔ɪn'djurɪŋ〕*adj.* 持久的

2.(**D**) 空格中缺動詞，表「被視爲～」，選 (D) *is looked upon as*。而 (A) 應改成 is thought of as，(B) 應改成 is meant to be，(C) 應改成 is regarded as。

3.(**B**) 依句意應選與 sending 相對的分詞，故選 (B) *receiving*。
   (D) perceive〔pɚ'siv〕*v.* 感覺

4.(**A**) 在「教」「學」二方面中，一方代表「教」，指的是老師，用 one，另一方是「學」，指的是其餘的學生，爲複數，應用 *the others*，故本題選 (A)。(B) 用於不特定的二者，其中之一用 one，「另一個」則用 another；(C) 用於不特定的兩堆，其中一些用 some，「其餘的」用 others，(D) one another 表「彼此；互相」，均不合。

5.(**D**) need 在此爲助動詞，依句意，教學「也不必被做看作⋯」，爲否定句，故應用 nor。nor 置於句首時，主詞與助動詞須倒裝，故選 (D) *nor need it be*。

6.(**A**) 依句意，教學可以「更」像是⋯，而非⋯，選 (A) *more*。

7. (**D**)　能與空格後 to + V 連用者，只有 (D) *should be able*。
　　　　(A) must 為助動詞，不接 to，(B) 應用 be capable of +
　　　　V-ing，(C) can 和 be able to 句意重複，不合。

8. (**C**)　(A)　quality〔'kwɑlətɪ〕*n.* 品質
　　　　(B)　certify〔'sɝtə,faɪ〕*v.* 證明（及物動詞，須接受詞）
　　　　(C)　*get certified*　經過認證
　　　　(D)　certificate〔sə'tɪfəkɪt〕*n.* 證明書
　　　　　　　（應改成 have a certificate）

9. (**A**)　(A)　*potential*〔pə'tɛnʃəl〕*n.* 潛力
　　　　(B)　opportunity〔,ɑpɚ'tjunətɪ〕*n.* 機會
　　　　(C)　neglect〔nɪ'glɛkt〕*v., n.* 忽略
　　　　(D)　obligation〔,ɑblə'geʃən〕*n.* 義務

10. (**D**)　依句意，不管我們所知有多麼的「少」，選 (D) *little*，
　　　　however little it might be 也可寫成 no matter how little
　　　　it might be。(A) much　很多，(B) hardly　幾乎不，為副
　　　　詞，(C) urgent〔'ɝdʒənt〕*adj.* 緊急的，均不合。

TEST 38

Read the following passage, and choose the best answer for each blank from the list below.

    Cats are excellent hunters. Why? They have extremely ____1____ senses. No touch is too ____2____ for cats to feel. Even through thick fur, cats feel the slightest change ____3____ temperature. Cats hear little noises as though they ____4____ loud. No cat could miss the light movements of tiny mice feet on dry fall leaves.

    Taste may be a cat's weakest sense, but its nose ____5____. A cat ____6____ sniffs food before eating. ____7____ love pleasant smells. When cats go outside, they follow their noses.

    A cat's eyes move ____8____. Its whole head moves to keep track of a fly. Light affects a cat's eyes. The pupils of ____9____ become thin lines in sunlight. At night they become wide and round. Cats see very well at night.

    Cats do not have nine lives. But ____10____ such sharp senses, do they need more than one?

1. (A) weak   (B) real
   (C) keen   (D) high

2. (A) light   (B) heavy
   (C) small   (D) big

3. (A) from   (B) to
   (C) on   (D) in

4. (A) are   (B) were
   (C) had been   (D) had had

5. (A) helps   (B) shows
   (C) does   (D) makes

6. (A) rarely   (B) usually
   (C) hardly   (D) scarcely

7. (A) A cat   (B) The cat
   (C) Cats   (D) The cats

8. (A) joyfully   (B) socially
   (C) partly   (D) slowly

9. (A) the eye   (B) an eye
   (C) eyes   (D) the eyes

10. (A) with   (B) of
    (C) under   (D) by

TEST 38 詳解

　　貓是很優秀的獵人。爲什麼呢？因爲牠們有極其敏銳的感官，再輕微的觸摸，牠們都能夠感受得到。雖然是透過濃密的毛皮，牠們仍能感覺到氣溫最細微的變化。輕聲對貓來說是很大聲的，像小老鼠踩在秋天乾枯落葉上的輕微動作，貓也都能察覺。

　　味覺可能是貓最弱的感覺，但牠的鼻子卻能提供補救，貓經常在吃東西以前要先聞一聞，喜歡令其愉悅的味道。貓在外出時，都是跟隨鼻子而行動的。

　　貓的眼睛移動緩慢，爲了要盯住一隻蒼蠅，牠的頭部必須整個移動。光線對其眼睛產生影響，在陽光下，眼睛的瞳孔會變成像細線一般，到了夜間，就變得又大又圓，因此在夜晚，貓的視力是非常好的。

　　貓並沒有九條命，但是擁有如此敏銳的感官，牠們還需要更多條命嗎？

** excellent〔'ɛkslənt〕*adj.* 優秀的
　　extremely〔ɪk'strimlɪ〕*adv.* 非常地（= *very*）
　　fur〔fɝ〕*n.* 毛皮　　slight〔slaɪt〕*adj.* 輕微的
　　temperature〔'tɛmpərətʃɚ〕*n.* 溫度
　　as though 好像；彷彿　　movement〔'muvmənt〕*n.* 動作
　　tiny〔'taɪnɪ〕*adj.* 微小的　　sniff〔snɪf〕*v.* 用鼻子嗅
　　pleasant〔'plɛzn̩t〕*adj.* 愉悅的　　smell〔smɛl〕*n.* 味道
　　keep track of 追蹤　　pupil〔'pjupl̩〕*n.* 瞳孔
　　sharp〔ʃɑrp〕*adj.* 敏銳的（= *keen*）

1. (**C**) (A) 微弱的　(B) 真實的　(C) <u>敏銳的</u>　(D) 高大的

2. (**A**) (A) <u>輕的</u>　(B) 重的　(C) 小的　(D) 大的

3. (**D**) 表示「某方面的改變」，用 change *in* sth.，選 (D)。

4. (**B**) 依句意，聲音「好像」很大聲，但其實很小聲，爲假設語氣，與現在事實相反，應用過去式，故選 (B) *were*。

5. (**A**) (A) <u>幫助</u>　(B) 表現　(C) 做　(D) 造成

6. (**B**) (A) rarely〔ˈrɛrlɪ〕*adv.* 很少　(B) <u>通常</u>
(D) scarcely〔ˈskɛrslɪ〕*adj.* 幾乎不（= *hardly*）

7. (**C**) 此句動詞爲複數 love，故主詞選 (C) *Cats*，表「全體」時不須加定冠詞 the。

8. (**D**) (A) joyfully〔ˈdʒɔɪfəlɪ〕*adv.* 喜悅地
(B) socially〔ˈsoʃəlɪ〕*adv.* 社交地
(C) 部分地　(D) <u>緩慢地</u>

9. (**D**) 依句意，「貓的眼睛」的瞳孔會變成像細線一樣，此處特指貓的眼睛，爲複數，且爲限定用法，應選 (D) *the eyes*。

10. (**A**) 介系詞 *with* 在此爲「具有」之意，相當於 having，選 (A)。

TEST 39

Read the following passage, and choose the best answer for each blank from the list below.

The following words come from the sacred book of the Hindus, "Bear shame and glory with an equal peace and an ever tranquil heart."

You are a combination of happiness and unhappiness, success and failure, joy and grief, compassion and resentment. ____1____, you are a combination of the creative forces within you that will make you ten feet tall and the ____2____ forces within you that will make you ten inches small. And creative living proves that every day ____3____. Every day is a complete life-time that must be lived ____4____. Can you live your life to the utmost extent every day if disappointments make you walk away from yourself, or make you walk into a dungeon ____5____?

The business of creative living is to keep calm ____6____, and doubly calm when good fortune smiles upon you. Of course, love and hate defy the rules of philosophy, but ____7____ should make you less than what you are. You are small if you yield to hate, and you are just ____8____ if you yield to love of self. You stand on the foundation of your true worth ____9____ you are able to stand up under stress ____10____ success.

1. (A) First of all
   (B) In another words
   (C) On the contrary   (D) That is to say

2. (A) reasonable   (B) constructive
   (C) destructive   (D) instructive

3. (A) counts   (B) occurs
   (C) accounts   (D) works

4. (A) to no purpose
   (B) in the castle in the air
   (C) to the full   (D) of no avail

5. (A) chosen of your own
   (B) of your own choosing
   (C) to choose by yourself
   (D) from your own choice

6. (A) under the mercy of fate
   (B) in times of adversity
   (C) when in prosperity
   (D) in the absence of a crisis

7. (A) both the two   (B) either one
   (C) neither one   (D) none of which

8. (A) bigger   (B) as small
   (C) as big   (D) so smaller

9. (A) unless   (B) but that
   (C) though   (D) if

10. (A) as well as   (B) in spite of
    (C) as long as   (D) with regard to

TEST 39 詳解

　　以下的文字出自印度教徒的聖書——「以同等的安詳，與永遠平靜的心，來承受恥辱和榮耀。」

　　你是幸與不幸，成功與失敗，喜悅與憂傷，同情與憎恨等的組合體。也就是說，你是你自己內心創造力與破壞力的組合體，那股創造力會使你變爲十呎高，而那股破壞力會讓你只有十吋小。而且創造性的生活證明每一天都重要。每一天都是一整個生命歷程，必須充分地過活。假如失望、挫折令你遠離你自己、喪失自我，或是使你走入自己選擇的死胡同，你還能夠每天充分地過日子嗎？

　　創造性的生活這件事，就是要在逆境中保持冷靜，而當幸運之神眷顧你時，更要加倍地冷靜。當然，愛與恨是哲學法則無法解釋的，但兩者都不該使你失去自我。如果你屈服於恨，你是渺小的，而如果你屈服於自私的愛，你也一樣渺小。如果你處在壓力之下及成功時，都能屹立不搖，你才是站在你的眞實價值的基礎上。

** sacred〔'sekrɪd〕*adj.* 神聖的　　bear〔bɛr〕*v.* 忍受；承受
glory〔'glorɪ〕*n.* 榮耀　　tranquil〔'træŋkwɪl〕*adj.* 平靜的
combination〔͵kɑmbə'neʃən〕*n.* 組合
grief〔grif〕*n.* 憂傷　　compassion〔kəm'pæʃən〕*n.* 同情
resentment〔rɪ'zɛntmənt〕*n.* 憎恨
utmost〔'ʌt͵most〕*adj.* 極度的　　extent〔ɪk'stɛnt〕*n.* 程度
disappointment〔͵dɪsə'pɔɪntmənt〕*n.* 令人失望的事
dungeon〔'dʌndʒən〕*n.* 地牢　　defy〔dɪ'faɪ〕*v.* 違抗
yield〔jild〕*v.* 屈服 < *to* >
foundation〔faʊn'deʃən〕*n.* 基礎　　stress〔strɛs〕*n.* 壓力

1. (**D**)　(A)　first of all　首先

　　　　　(B)　應改成 in other words　換句話說

　　　　　(C)　on the contrary　相反地

　　　　　(D)　***that is to say***　也就是說

2. (**C**)　(A)　reasonable〔ˈriznəbḷ〕*adj.* 合理的

　　　　　(B)　constructive〔kənˈstrʌktɪv〕*adj.* 建設性的

　　　　　(C)　***destructive***〔dɪˈstrʌktɪv〕*adj.* 破壞的

　　　　　(D)　instructive〔ɪnˈstrʌktɪv〕*adj.* 有益的

3. (**A**)　(A)　***count***〔kaʊnt〕*v.* 算在內；重要

　　　　　(B)　occur〔əˈkɝ〕*v.* 發生

　　　　　(C)　account〔əˈkaʊnt〕*v.* 說明

　　　　　(D)　work〔wɝk〕*v.* 有效

4. (**C**)　(A)　to no purpose　毫無效果

　　　　　(B)　castle in the air　空中樓閣；白日夢

　　　　　(C)　***to the full***　充分地

　　　　　(D)　of no avail　無效的

5. (**B**)　***of** one's **own choosing***　某人自己選擇的

　　　　(A) 應改成 chosen by yourself，(D) 應改成 of your own choice。

6. (**B**)　(A)　應改成 at the mercy of fate　在命運的掌握中

　　　　　　　　　 at the mercy of　任～擺佈　　fate〔fet〕n. 命運

　　　　　(B)　***in times of adversity***　在逆境中

　　　　　　　　　 adversity〔əd'vɝsətɪ〕n. 逆境

　　　　　(C)　prosperity〔prɑ'spɛrətɪ〕n. 繁榮；成功

　　　　　(D)　in the absence of a crisis　沒有危機時

　　　　　　　　　 in the absence of　～不在時；沒有～時

　　　　　　　　　 crisis〔'kraɪsɪs〕n. 危機

7. (**C**)　根據句意，應選 (C) ***neither one***　兩者中沒有一個。

　　　　　(A) both 和 the two 意思重複，且句意不對。

　　　　　(B) either 指兩者中任一，(D) none 用於三者中無一，

　　　　　皆不合句意。

8. (**B**)　and 是對等連接詞，其前後所連接的意思要一致，前面提

　　　　　到 You are ***small*** if…，所以應選 (B) ***as small***　一樣卑劣

　　　　　的，才能前後一致。(A) bigger 和 (D) so smaller 都是比

　　　　　較級，在此不合。

9. (**D**)　此處需要一個表條件的連接詞，根據句意，應選 (D) ***if***。

　　　　　(A) unless = if not，句意剛好相反。(B) but that 要不是，

　　　　　(C) though 雖然，皆不合句意。

10. (**A**)　(A)　***as well as***　和～一樣

　　　　　(B)　in spite of　儘管

　　　　　(C)　as long as　只要

　　　　　(D)　with regard to　關於

TEST 40

Read the following passage, and choose the best answer for each blank from the list below.

Radiation from X-rays has many ____1____ effects. The usefulness of X-rays ____2____ medical diagnosis is well known, and when X-rays are used properly, the benefits almost always ____3____ the small radiation hazard. High-energy radiation is used for intentional and selective destruction of tissue ____4____ cancerous tumors. The hazards are considerable, ____5____ if a disease would be fatal ____6____ treatment the hazards may be tolerable.

Sources of radiation used for the treatment of cancers and related diseases ____7____ artificially produced isotopes. Such artificial sources have several advantages ____8____ naturally radioactive sources. The artificial sources have shorter half-lives and are more intense. They do not emit alpha particles, ____9____ are not needed, and the electrons emitted are easily ____10____ thin metal sheets without appreciably changing the intensity of the desired gamma radiation.

1. (A) accidental   (B) incidental
   (C) harmful   (D) beneficial

2. (A) with   (B) in
   (C) by   (D) on

3. (A) outweigh   (B) outsmart
   (C) outcome   (D) outstand

4. (A) instead of   (B) rather than
   (C) such as   (D) in spite of

5. (A) so   (B) but
   (C) since   (D) unless

6. (A) with   (B) without
   (C) as   (D) off

7. (A) include   (B) includes
   (C) including   (D) included

8. (A) of   (B) from
   (C) over   (D) with

9. (A) that   (B) which
   (C) what   (D) whose

10. (A) stopping   (B) stopped
    (C) stopping by   (D) stopped by

TEST 40 詳解

　　X 光所產生的輻射線有許多好處。X 光在醫療診斷上的用處，是眾所皆知的，而當 X 光使用得當時，它的益處幾乎總是大過於它會產生少量輻射的危險性。高能量的輻射線被用來針對人體組織，做蓄意的、選擇性的破壞，例如有癌細胞的惡性腫瘤。這種危險性相當大，但是如果得了病不治療就會致命，那麼這樣的危險就算是可以容忍的。

　　使用在治療癌症及相關疾病方面的輻射，來源包括人造的同位素。這種人造的來源有幾個優點，勝過天然的放射性元素。人造放射線的半衰期較短，且較強烈；它們不會釋放出不需要的 α 分子；它們所釋放出的電子，比較容易被金屬薄片阻隔，而不太會改變所需的 γ 射線的強度。

** radiation〔͵redɪˈeʃən〕*n.* 輻射
 diagnosis〔͵daɪəgˈnosɪs〕*n.* 診斷
 hazard〔ˈhæzəd〕*n.* 危險（= *danger*）
 intentional〔ɪnˈtɛnʃənḷ〕*adj.* 有意的；故意的
 selective〔səˈlɛktɪv〕*adj.* 選擇性的
 destruction〔dɪˈstrʌkʃən〕*n.* 破壞
 tissue〔ˈtɪʃʊ〕*n.* 組織　　cancerous〔ˈkænsərəs〕*adj.* 癌的
 tumor〔ˈtjumɚ〕*n.* 腫瘤
 considerable〔kənˈsɪdərəbḷ〕*adj.* 相當大的
 fatal〔ˈfetḷ〕*adj.* 致命的　　treatment〔ˈtritmənt〕*n.* 治療
 tolerable〔ˈtɑlərəbḷ〕*adj.* 可容忍的
 source〔sors〕*n.* 來源　　related〔rɪˈletɪd〕*adj.* 相關的
 artificially〔͵ɑrtəˈfɪʃəlɪ〕*adv.* 人造地

isotope〔'aɪsə,top〕*n.*〔化學〕同位素

radioactive〔,redɪə'æktɪv〕*adj.* 輻射的;放射性的

half-life〔'hæf,laɪf〕*n.*（放射性物質的）半衰期

intense〔ɪn'tɛns〕*adj.* 強烈的　　emit〔ɪ'mɪt〕*v.* 放射

particle〔'partɪkl̩〕*n.* 分子　　electron〔ɪ'lɛktran〕*n.* 電子

metal〔'mɛtl̩〕*n.* 金屬　　sheet〔ʃit〕*n.* 薄片

appreciably〔ə'priʃɪəblɪ〕*adv.* 相當;些許

intensity〔ɪn'tɛnsətɪ〕*n.* 強度

desired〔dɪ'zaɪrd〕*adj.* 想要的;所需的

1.（ **D** ）(A) accidental〔,æksə'dɛntl̩〕*adj.* 意外的

　　　　(B) incidental〔,ɪnsə'dɛntl̩〕*adj.* 附帶的

　　　　(C) harmful〔'harmfəl〕*adj.* 有害的

　　　　(D) *beneficial*〔,bɛnə'fɪʃəl〕*adj.* 有益的

2.（ **B** ）X 光在「～方面」是有用處的,介系詞應用 *in*,選 (B)。

3.（ **A** ）依句意,益處「大過於」危險性,選 (A) *outweigh*〔aʊt'we〕
　　　　v.（重量、價值、重要性）比～大。

　　　　(B) outsmart〔aʊt'smart〕*v.* 比～更聰明

　　　　(C) outcome〔'aʊt,kʌm〕*n.* 結果

　　　　(D) outstanding〔aʊt'stændɪŋ〕*adj.* 傑出的
　　　　　　stand out 顯著;出色

4.（ **C** ）依句意應是舉例說明,故選 (C) *such as*。
　　　　(A) instead of 而不是,(B) rather than 而不是,
　　　　(D) in spite of 儘管,均不合。

5. (**B**) 依句意，前後二句語氣有轉折，故選 (B) ***but***。
　　(A) 所以，(C) 自從；因爲，(D) 除非，均不合。

6. (**B**) 依句意，如果「不」治療就會致命，那麼輻射線的危險就
　　算可以容忍，選 (B) ***without***。

7. (**A**) 整個句子缺主要動詞，且主詞 Sources 爲複數，故
　　選 (A) ***include***。

8. (**C**) ***have an advantage over*** 　比～佔優勢；勝過

9. (**B**) 空格代替前面的先行詞 alpha particles，做形容詞子句的
　　主詞，爲關係代名詞，由於先行詞之後有逗點，爲補述用
　　法，關代不可用 that，故本題應選 (B) ***which***。

10. (**D**) 依句意，電子比較容易被金屬薄片阻隔，爲被動語氣，故
　　選 (D) ***stopped by***。

TEST 41

Read the following passage, and choose the best answer for each blank from the list below.

Advertising has gradually taught most of us to adopt a
___1___ attitude about what we see on television commercials.
We ___2___ it for granted that a product is probably not as
good ___3___ the manufacturers claim, ___4___ the detergent
does not take out every dirty spot instantly ___5___ a lot of hard
work—or ___6___ not as quickly as the TV commercial shows.
And you know you will never become a star tennis player just
by ___7___ a certain kind of tennis shoes. The shoes may,
___8___, turn out to be a ___9___ brand that will improve the
comfort of your tennis game. In any case, sensible people
question the information they receive from advertisers and
do not simply assume ___10___ is accurate.

1. (A) question   (B) to question
   (C) questioning   (D) questioned

2. (A) take   (B) make
   (C) let   (D) do

3. (A) so   (B) as
   (C) like   (D) than

4. (A) that   (B) so as
   (C) or   (D) since

5. (A) not   (B) without
   (C) with   (D) for

6. (A) at best   (B) at first
   (C) at least   (D) at last

7. (A) wear   (B) wore
   (C) wearing   (D) to wear

8. (A) however   (B) till
   (C) if   (D) although

9. (A) well-made   (B) good-made
   (C) good-make   (D) best-maker

10. (A) which   (B) what
   (C) who   (D) it

TEST 41 詳解

　　廣告已經逐漸教會我們大多數的人,看電視廣告時,要抱持懷疑的態度。我們會理所當然認為,該項產品可能不像廠商所說的那麼好,因為洗衣粉並不能夠不太費力地,立刻清除每一點頑垢——或者,至少不像電視廣告上說的那麼快。而且你也知道,你不可能只因為穿了某種廠牌的網球鞋,就能成為網球明星選手。然而,這種廠牌的鞋子可能做得很好,能讓你在網球比賽中,覺得比較舒適。無論如何,明智的人會對廣告商所提供的資訊,抱持懷疑的態度,不會輕易地信以為真。

** advertising〔'ædvɚ͵taɪzɪŋ〕*n.* 廣告
　gradually〔'grædʒʊəlɪ〕*adv.* 逐漸地
　adopt〔ə'dɑpt〕*v.* 採用
　commercial〔kə'mɝʃəl〕*n.* 商業廣告
　manufacturer〔͵mænjə'fæktʃərɚ〕*n.* 製造商;廠商
　claim〔klem〕*v.* 宣稱
　detergent〔dɪ'tɝdʒənt〕*n.* 清潔劑;洗衣粉
　instantly〔'ɪnstəntlɪ〕*adv.* 立即地
　turn out 結果(成為)　　　brand〔brænd〕*n.* 廠牌;商標
　improve〔ɪm'pruv〕*v.* 改善　　***in any case*** 無論如何
　sensible〔'sɛnsəbḷ〕*adj.* 明智的
　question〔'kwɛstʃən〕*v.* 懷疑　　assume〔ə'sjum〕*v.* 認定
　accurate〔'ækjərɪt〕*adj.* 正確的

1. (**C**) 空格須填一形容詞，修飾名詞 attitude，且依句意，應選
(C) *questioning* *adj.* 懷疑的。

2. (**A**) *take~for granted* 視～為理所當然

3. (**B**) *as good as* 像～一樣好

4. (**D**) 依句意，選 (D) *since* 因為。

5. (**B**) 依句意，洗衣粉並不能「不太費力」地立刻清除每一點頑
垢，故選 (B) *without*。
without a lot of hard work 不太費力

6. (**C**) 依句意，選 (C) *at least* 至少。而 (A) at best 充其量，
(B) at first 起初，(D) at last 終於，均不合句意。

7. (**C**) by 為介系詞，其後須接名詞或動名詞做受詞，故
選 (C) *wearing*。

8. (**A**) 依句意選 (A) *however* 然而。

9. (**A**) *well-made* 〔'wɛl'med 〕 *adj.* 精心製作的

10. (**D**) 為了避免重複，可用代名詞 *it* 代替前面的名詞片語 the
information they receive from advertisers，故選 (D)。

TEST 42

Read the following passage, and choose the best answer for each blank from the list below.

Lung cancer is one of the most deadly diseases in the U.S. More than 100,000 Americans die each year ___1___ lung cancer. Keeping away from cigarettes, of course, is the best protective measure to take. ___2___ scientists may have found ___3___ way to prevent lung cancer. The secret is for people ___4___ carrots, spinach, or other vegetables every day.

___5___ can vegetables stop cancer? Foods ___6___ carrots, spinach, and tomatoes contain a form of Vitamin A ___7___ carotene. The body uses carotene to help form the tissue that lines the lungs. So, doctors have thought ___8___ might be a connection between eating foods containing carotene and preventing the disease.

Doctors in Chicago ___9___ this connection for more than 20 years. The doctors' findings have shown an interesting pattern: those who eat the ___10___ carotene have had fewer cases of lung cancer than those who eat little carotene.

1. (A) on   (B) for
    (C) at   (D) of

2. (A) But   (B) Unless
    (C) If   (D) Until

3. (A) each   (B) another
    (C) other   (D) every

4. (A) eat   (B) ate
    (C) to eat   (D) eating

5. (A) Which   (B) When
    (C) What   (D) How

6. (A) such as   (B) as if
    (C) as like   (D) likewise

7. (A) calling   (B) is called
    (C) called   (D) calls

8. (A) there   (B) here
    (C) it   (D) they

9. (A) had tested   (B) are testing
    (C) would have tested
    (D) have been testing

10. (A) better   (B) more
    (C) worst   (D) most

TEST 42 詳解

　　在美國，肺癌是最嚴重的致命疾病之一，每年都有超過十萬名美國人死於肺癌。當然，遠離香煙是所能採取的最佳防護措施，但是科學家可能已經發現了另一種預防肺癌的方法。這個秘密就是，人們每天都要吃胡蘿蔔、菠菜或其他蔬菜。

　　蔬菜如何能預防癌症呢？像胡蘿蔔、菠菜、蕃茄等食物，含有一種維生素 A 的成分，稱為胡蘿蔔素。人體能利用胡蘿蔔素，來幫助形成肺臟的內層組織，因此，醫生們認為，攝取含胡蘿蔔素的食物，和預防這種疾病，可能有關連。

　　芝加哥的醫生們一直在測試這種關連，為時已經二十多年了。這些醫生們的發現，顯示出一項有趣的模式：攝取最多量胡蘿蔔素的人，比僅攝取少量胡蘿蔔素的人，較少罹患肺癌。

** lung〔 lʌŋ 〕*n.* 肺　　deadly〔'dɛdlɪ 〕*adj.* 致命的
protective〔 prə'tɛktɪv 〕*adj.* 保護的
measure〔'mɛʒɚ 〕*n.* 措施　　carrot〔'kærət 〕*n.* 胡蘿蔔
spinach〔'spɪnɪdʒ 〕*n.* 菠菜　　vitamin〔'vaɪtəmɪn 〕*n.* 維生素
carotene〔'kærə͵tin 〕*n.* 胡蘿蔔素
tissue〔'tɪʃʊ 〕*n.* 組織　　line〔 laɪn 〕*v.* 做襯底
finding〔'faɪndɪŋ 〕*n.* 發現　　case〔 kes 〕*n.* 病例

1. (**D**) 指死於某種疾病，要用 *die of* ＋疾病，選 (D)。

2. (**A**) 依句意，選 (A) *But* 但是。(B) 除非，(C) 如果，(D) 直到，句意均不合。

3. (**B**) 依句意，選 (B) *another* 另一種。(A)、(C)、(D) 均不合
　　　　句意。

4. (**C**) 不定詞片語 *to eat*…every day 做主詞 the secret 的補語，
　　　　選 (C)。

5. (**D**) 依句意，本問句是問蔬菜「如何」預防癌症，因此
　　　　選 (D) *How*。

6. (**A**) (A) 例如　　(B) 好像　　(C) 無此用法
　　　　(D) likewise〔'laɪk,waɪz〕*adv.* 同樣地

7. (**C**) a form…*called* carotene 是由 a form…*which is called*
　　　　carotene 簡化而來，選 (C)。

8. (**A**) 依句意，表示「有」關連，應選 (A) *there* + be 動詞。

9. (**D**) 表過去一直持續到現在，而且仍在進行的動作，要用
　　　　現在完成進行式，其公式為「have been + V-ing」，
　　　　故選 (D) *have been testing*。

10. (**D**) 依句意，攝取「最多量」的胡蘿蔔素，故應選 (D) *most*。

TEST 43

Read the following passage, and choose the best answer for each blank from the list below.

In any high school, three subcultures exist ____1____ the larger school environment. The three groups are quite different, but ____2____ every student can be identified with one of them. ____3____ one is the delinquent subculture. This one is the ____4____ popular of the three groups. Members of the delinquent group dislike school; they ____5____ the faculty, the staff, and ____6____ symbols of authority. The next step up the social ladder is the academic subculture. It is ____7____ hardworking students who value their education. The third major student group is the fun subculture. ____8____ care most about looks, clothes, cars, and dates. ____9____ this group, social status is the most important thing in the world.

____10____, the fun subculture is the most popular of the three groups.

1. (A) between
   (C) among
   (B) within
   (D) around

2. (A) almost
   (C) simply
   (B) despite
   (D) rarely

3. (A) The certain
   (C) The best
   (B) The only
   (D) The first

4. (A) best
   (C) most
   (B) worst
   (D) least

5. (A) hate
   (C) love
   (B) admire
   (D) respect

6. (A) another
   (C) any other
   (B) the others
   (D) others

7. (A) composed of
   (C) accompanied by
   (B) opposed by
   (D) positioned in

8. (A) The faculty
   (C) Three subcultures
   (D) These students
   (B) The staff

9. (A) Except
   (C) For
   (B) From
   (D) Outside

10. (A) In contrast
    (B) Needless to say
    (C) By all means
    (D) For example

TEST 43 詳解

　　在任何的高中，在學校的大環境裡，都存在有三種次文化。這三種團體相當不一樣，但幾乎每個學生都與其中一個團體有關係。第一種就是容易犯法的次文化，這是三個團體中最不受歡迎的。這個容易犯法的團體成員不喜歡學校；他們討厭學校的老師、職員，以及任何其他的權威象徵。再往上一個階層，就是注重學業的次文化，組成分子就是重視教育的用功學生。第三個主要的學生團體是重視樂趣的次文化。這一類的學生最重視的是外表、服裝、汽車，以及約會。對於這些學生而言，社會地位是世界上最重要的事情。不用說，這種重視樂趣的次文化是這三個團體中最受歡迎的。

**　　subculture〔'sʌbˌkʌltʃɚ〕n. 副文化；次文化（某社會中，
如年輕人、種族等特定集團所有的獨特文化行為模式）
be identified with 與～有關；參加（= *identify oneself with*）
delinquent〔dɪ'lɪŋkwənt〕adj. 容易犯法的
faculty〔'fækḷtɪ〕n. 教職員（集合名詞）
staff〔stæf〕n. 職員（集合名詞）　　symbol〔'sɪmbḷ〕n. 象徵
authority〔ə'θɔrətɪ〕n. 權威　　step〔stɛp〕n. 台階
social ladder 從最低到最高地位之社會階層
academic〔ˌækə'dɛmɪk〕adj. 學術的
hardworking〔'hɑrd'wɝkɪŋ〕adj. 用功的
value〔'væljʊ〕v. 重視　　status〔'stetəs〕n. 地位

1. (**B**) 依句意，有三種次文化存在於學校的大環境裡，表「在～之內」，介系詞用 ***within***，選 (B)。而 (A) between 表「二者之間」，(C) among 表「三者或三者以上之間」，(D) around 則表「環繞」，句意皆不合。

2. (**A**)　(A) ***almost***　*adv.* 幾乎

　　　　　(B) despite　*prep.* 儘管 (= *in spite of*)

　　　　　(C) simply　*adv.* 只是　　　(D) rarely〔ˊrɛrlɪ〕*adv.* 很少

3. (**D**)　依句意，選 (D) ***The first one***　第一個。

4. (**D**)　依句意，容易犯法的團體，是三者中「最不」受歡迎的，
　　　　　選 (D) ***the least***　最不。

5. (**A**)　他們不喜歡學校，也「討厭」教職員，選 (A) ***hate***。

　　　　　(B) admire　欽佩，(C) 愛，(D) respect　尊敬，皆不合。

6. (**C**)　依句意，「其他任何」權威的象徵，選 (C) ***any other***。而
　　　　　(A) another 須接單數名詞，用法不合。(B) the others 和
　　　　　(D) others 皆為代名詞，不可修飾名詞 symbols，亦不合。

7. (**A**)　(A) ***be composed of***　由～組成 (= *be made up of*)

　　　　　(B) be opposed by　被～反對

　　　　　(C) be accompanied by　由～陪伴

　　　　　(D) be positioned in　被安置在～

8. (**D**)　「這些學生」最重視外表等，選 (D) ***These students***。

9. (**C**)　依句意，「對於」這個群體而言，介系詞用 ***For***，選 (C)。
　　　　　(A) 除了～之外，(B) 從～，(D) 在～之外，皆不合。

10. (**B**)　(A) in contrast　對比之下　　(B) ***needless to say***　不用說

　　　　　(C) by all means　無論如何；務必

　　　　　(D) for example　例如

TEST 44

Read the following passage, and choose the best answer for each blank from the list below.

Television was not ____1____ invented. Many scientists invented or improved parts of the system that ____2____ the television system we now know. Radio, ____3____, was necessary before television could be developed, ____4____ television uses the same principles of electromagnetic waves that radio does. ____5____ radio became possible in the 1800s, the possibility of television transmission was also known, but it ____6____ many years for it to become practical.

____7____ early television was broadcast in black and white. Color television was possible, ____8____ it was too expensive and of very poor quality until the mid-1950s.

The first landing on the moon was broadcast ____9____ on television in 1969, and now television programs are sent all over the world ____10____ through the use of satellites.

1. (A) mainly   (B) really
   (C) nearly   (D) hardly

2. (A) becomes   (B) becoming
   (C) are becoming (D) have become

3. (A) instead   (B) of course
   (C) as a result (D) no wonder

4. (A) when   (B) although
   (C) because   (D) unless

5. (A) As soon as (B) As long as
   (C) As far as   (D) As well as

6. (A) spent   (B) took
   (C) used   (D) filled

7. (A) Few   (B) No
   (C) All   (D) Many

8. (A) but   (B) and
   (C) because   (D) while

9. (A) life   (B) live
   (C) living   (D) lively

10. (A) immediately (B) consequently
    (C) enormously   (D) constructively

TEST 44 詳解

　　電視並不完全算是一項發明。現在我們所熟知的電視系統，其許多部分是由很多科學家發明或改進的。當然，在發展電視之前，一定要先有無線電，因為電視採用的電磁波原理，和無線電是相同的。當無線電在十九世紀出現的時候，人們也知道了電視的傳送是可行的，但卻經過了許多年之後，才能實際地運用。

　　所有早期的電視都是黑白的。彩色電視是有，但是在一九五○年代中期以前，都非常昂貴，而且品質很差的。

　　一九六九年，人類首度登陸月球，電視做了實況轉播，現在電視的節目，可經由衛星，立即播送到全世界。

**　improve〔ɪm'pruv〕v. 改善　　principle〔'prɪnsəpḷ〕n. 原理
electromagnetic〔ɪ,lɛktrəmæg'nɛtɪk〕adj. 電磁的
wave〔wev〕n. 波　　transmission〔træns'mɪʃən〕n. 傳送
practical〔'præktɪkḷ〕adj. 實用的；有用的
broadcast〔'brɔd,kæst〕v. 廣播；播送
landing〔'lændɪŋ〕n. 登陸　　satellite〔'sætḷ,aɪt〕n. 衛星

1. (**B**) 依句意選 (B) *really* 真正地，*not really* 不完全是。
　　(A) mainly 主要地，(C) nearly 幾乎，(D) hardly 幾乎不，皆不合句意。

2. (**D**) 空格應填一動詞，(B) becoming 為分詞，用法不合。而先行詞 parts of the system 為複數名詞，故 (A) becomes 不可選。且依句意，「已經變成」現在我們所熟知的電視系統，為現在完成式，選 (D) *have become*。

3. (**B**) 發展電視前「當然」必須先有無線電，選 (B) *of course*。
(A) instead 相反地，(C) as a result 因此，(D) no wonder 難怪，皆不合。

4. (**C**) 表因果關係，選 (C) *because* 因為。(A) 當～時候，(B) 雖然，(D) unless 除非，皆不合。

5. (**A**) (A) *as soon as* 一～就…　　(B) as long as 只要
(C) as far as 就～而言　　(D) as well as 以及

6. (**B**) 表「事物花費某人～時間」，動詞用 take，依句意為過去式，選 (B) *took*。(A) 用於「人花費～時間」，(C) 使用，(D) 填滿，用法與句意皆不合。

7. (**C**) 依句意是指「所有」早期的電視，應選 (C) *All*。(A) few 極少的，須接複數名詞；(B) 沒有，不合句意，(D) many 亦須接複數名詞，用法不合。

8. (**A**) 依句意選 (A) *but* 但是。

9. (**B**) (A) 生活　　　　　　　　(B) *live* 〔 laɪv 〕 *adv.* 現場地
(C) living 〔'lɪvɪŋ 〕 *n.* 生計
(D) lively 〔'laɪvlɪ 〕 *adj.* 活潑的

10. (**A**) (A) *immediately* 〔 ɪ'midɪɪtlɪ 〕 *adv.* 立即地
(B) consequently 〔'kɑnsə‚kwɛntlɪ 〕 *adv.* 因此
(C) enormously 〔 ɪ'nɔrməslɪ 〕 *adv.* 大大地
(D) constructively 〔 kən'strʌktɪvlɪ 〕 *adv.* 有建設性地

TEST 45

Read the following passage, and choose the best answer for each blank from the list below.

William was a bank clerk. He was not clever ____1____ but he was very hard-working. His bank ____2____ him and made him manager of a branch office in a small town. William was pleased with his work there. ____3____, he did not like his lodgings. His landlady was kind. His room was pleasant and comfortable. The food was good and plentiful. But he could not sleep at night. Cats ____4____ gather under his window and the noise they ____5____ was terrible! Night after night, William was kept awake by the cats. He could not do his work properly. He began to ____6____ ill. At last he had to go to see a doctor.

"The cats keep me awake all night," he said. "I must sleep ____7____ be fresh for my work the next day." The doctor gave him a bottle of sleeping medicine. "This will end your trouble," he said.

After several days, William went back to the doctor. He looked ____8____ than ever. "Hasn't the bottle of medicine helped?" the doctor asked.

"Helped!" William cried. "I've been running about all night trying to catch those cats. I haven't been able to catch a single ____9____. ____10____ could I give them the medicine?"

"William," the doctor said, "that medicine was for you, not for the cats!"

1. (A) at that   (B) at all
   (C) in least   (D) least of all

2. (A) thought highly of   (B) spoke ill of
   (C) made nothing of   (D) mentioned of

3. (A) However   (B) Otherwise
   (C) Besides   (D) Finally

4. (A) were used to   (B) were to
   (C) used to   (D) usually

5. (A) had   (B) took
   (C) picked   (D) made

6. (A) fall   (B) fell
   (C) felt   (D) felled

7. (A) in order that   (B) so that
   (C) in order to   (D) as to

8. (A) better   (B) worse
   (C) more   (D) less

9. (A) that   (B) which
   (C) one   (D) another

10. (A) Where   (B) When
    (C) How   (D) What

TEST 45 詳解

　　威廉是個銀行職員，他一點也不聰明，但他非常努力工作。他所任職的銀行很器重他，升他做一個小鎮上分行的經理。威廉對那裡的工作很滿意，然而，他並不喜歡他的住宿。他的房東太太人很好，他的房間很宜人、很舒適，食物很好、也很豐富，但是他晚上無法入睡。貓會在他的窗下集合，牠們所製造的噪音非常吵鬧！一晚一晚過去，威廉都被貓吵得睡不著。他的工作都做不好，他開始生病了，最後他不得不去看醫生。

　　他說：「這些貓害我整個晚上都醒著，但是我必須睡覺，隔天工作才有精神。」醫生給他一瓶安眠藥，他說：「這可以解決你的困擾。」

　　幾天之後，威廉又回去看醫生。他看起來比之前更慘。醫生問他：「那瓶藥沒有幫助嗎？」

　　「拜託！」威廉大叫，「我整個晚上跑來跑去，想要抓住那些貓，我一隻都沒抓到，怎麼給牠們吃藥呢？」

　　「威廉，」醫生說：「那個藥是給你吃的，不是給貓吃的！」

** clerk〔klɝk〕*n.* 職員　　branch〔bræntʃ〕*n.* 分行
　　lodging〔'lɑdʒɪŋ〕*n.* 住宿
　　landlady〔'lænd,ledɪ〕*n.* 房東太太
　　plentiful〔'plɛntɪfəl〕*adj.* 豐富的
　　awake〔ə'wek〕*adj.* 醒著的
　　properly〔'prɑpɚlɪ〕*adv.* 適當地
　　fresh〔frɛʃ〕*adj.* 新鮮的；有精神的
　　single〔'sɪŋgḷ〕*adj.* 單一的

1. (**B**) 由前面的 not clever 可知，此處應用 *at all*，not～at all
表「一點也不～」之意，選 (B)，等於 not～in the least。
(D) least of all　最不～的是，不合。

2. (**A**) (A) *think highly of*　器重；重視
(B) speak ill of　說～的壞話
(C) make nothing of　輕視；不在乎
(D) mention　提到 (及物動詞，不加 of)

3. (**A**) (A) 然而　　(B) 否則　　(C) 此外　　(D) 最後

4. (**C**) 整篇文章指過去的情況，但空格後為原形動詞，由此可知
應用 *used to* + *V*，表「過去常常～；過去曾經～」之意，
選 (C)。(A) were used to + N/V-ing 表「習慣於做某事」，
(B) were to + V 表「預定做某事」，句意均不合。
若用 (D) usually，則動詞應用過去式，亦不合。

5. (**D**) 「製造噪音」應用 make a noise，故選 (D) *made*。

6. (**A**) *fall ill*　生病，(C) 應改成 feel ill。(B) fell 做原形動詞，指
「砍伐」，三態變化為：fell-felled-felled，在此不合。

7. (**C**) 依句意應選 (C) *in order to* + *V*，表目的。(D) 應改成 so
as to + V，(A) in order that 表目的，但要接子句，(B) so
that 表結果，要接子句，均不合。

8. (**B**) 依句意，他看起來比之前「更慘、更糟」，選 (B) *worse*。

9. (**C**) 本句原為…single cat.，為避免重複用代名詞，選 (C) *one*。

10. (**C**) 依句意，我「怎麼」給牠們吃藥呢，選 (C) *How*。

TEST 46

Read the following passage, and choose the best answer for each blank from the list below.

      ___1___ a group of children as they play, and you'll probably notice that the boys and girls play differently, speak differently, and are interested ___2___ different things. When they grow ___3___ men and women, the differences do not disappear. Many scientists are now studying the ___4___ of these gender differences. Some are searching for an explanation in the human brain. Some of their findings are interesting.

    ___5___, they've found that ___6___ men than women are left-handed; this reflects the dominance of the brain's right hemisphere. ___7___, more women listen ___8___ with both ears ___9___ men listen mainly with the right ear. Men are better at reading a map ___10___ having to rotate it. Women are better at reading the emotions of people in photographs.

1. (A) Watch   (B) Watching
   (C) If watching
   (D) When watching

2. (A) as   (B) to
   (C) in   (D) on

3. (A) up   (B) into
   (C) upon   (D) as

4. (A) origins   (B) originals
   (C) originality   (D) orients

5. (A) On the other hand   (B) In a word
   (C) For example   (D) Similarly

6. (A) much   (B) few
   (C) more   (D) less

7. (A) Above all   (B) After all
   (C) In other words   (D) By contrast

8. (A) oddly   (B) odd
   (C) equally   (D) equal

9. (A) despite   (B) where
   (C) since   (D) while

10. (A) by   (B) without
    (C) as to   (D) in

TEST 46 詳解

　　如果你觀察一群正在玩耍的小朋友，你可能會注意到，男孩和女孩玩的方式不同、說話方式不同，感興趣的事情也不同。當他們長大成為男人、女人時，這些差異並不會消失。許多科學家現在正在研究這些性別差異的根源。有些人正從人類的大腦中尋求解釋，他們的調查結果，有一些相當有趣。例如，他們發現，男性左撇子比女性多；這反映出右腦較發達。對比之下，較多的女性是雙耳並用，而男性主要用右耳聆聽。男性比較擅長看地圖，不需要旋轉地圖就可以看懂。而女性則較擅長讀出照片中人物的情緒。

　** gender〔ˈdʒɛndɚ〕 *n.* 性別
　　explanation〔ˌɛkspləˈneʃən〕 *n.* 解釋；說明
　　finding〔ˈfaɪndɪŋ〕 *n.* 調查結果
　　left-handed〔ˈlɛftˈhændɪd〕 *adj.* 慣用左手的
　　reflect〔rɪˈflɛkt〕 *v.* 反映
　　dominance〔ˈdɑmənəns〕 *n.* 佔優勢
　　hemisphere〔ˈhɛməˌsfɪr〕 *n.* 半球
　　be good at 擅長　　rotate〔ˈrotet〕 *v.* 旋轉
　　photograph〔ˈfotəˌɡræf〕 *n.* 照片 (= *photo*；*picture*)

1. (**A**)　在「祈使句, and + 子句」的句型中，祈使句相當於表
　　　　　「條件」的副詞子句，故選 (A) ***Watch***。本句相當於
　　　　　If you watch a group…, you'll probably notice…。

2. (**C**)　***be interested in*** ~　對 ~ 有興趣

3. (**B**)　表示「長成～；逐漸變成～」，要用 *grow into*～，選 (B)。

4. (**A**)　(A) *origin* 〔ˈɔrədʒɪn〕*n.* 起源；根源

　　　　　　(B) original 〔əˈrɪdʒənḷ〕*n.* 原作　　*adj.* 最初的；獨創的

　　　　　　(C) originality 〔ə,rɪdʒəˈnælətɪ〕*n.* 創意；獨創性

　　　　　　(D) orient 〔ˈorɪˌɛnt〕*n.* 東方　　　the Orient　東方

5. (**C**)　(A) on the other hand　另一方面

　　　　　　(B) in a word　簡言之

　　　　　　(C) *for example*　例如 (= *for instance*)

　　　　　　(D) similarly 〔ˈsɪmələlɪ〕*adv.* 同樣地

6. (**C**)　由後面的 than 可知，此處為比較級，故選 (C) *more*。
　　　　　　若要說「比較少」的人，應用 fewer，(B)、(D) 均不合。

7. (**D**)　(A) above all　尤其；最重要的是

　　　　　　(B) after all　畢竟

　　　　　　(C) in other words　換句話說

　　　　　　(D) *by contrast*　對比之下

8. (**C**)　空格修飾動詞，應用副詞，且依句意「雙耳並用」，選
　　　　　　(C) *equally*　同等地。(A) oddly 〔ˈɑdlɪ〕*adv.* 奇怪地，
　　　　　　(B) odd　*adj.* 奇怪的，(D) equal　*adj.* 相等的，均不合。

9. (**D**)　表示二個句子前後對照，連接詞應用 *while*，選 (D)。
　　　　　　(A) 儘管，(B) 在～地方，(C) 自從，均不合。

10.(**B**)　依句意，男性「不必」旋轉就看得懂地圖，選 (B) *without*。

TEST 47

Read the following passage, and choose the best answer for each blank from the list below.

    The railroad was not the first institution to ____1____ regularity on society, or to draw attention ____2____ the importance of precise time-keeping, ____3____ as long as merchants have set out their wares at daybreak and religious services have begun on the hour, people have been in rough ____4____ with their neighbors ____5____ the time of day. The value of this tradition is more apparent today ____6____.

    ____7____ public acceptance of a single yardstick of time, social life ____8____ unbearably chaotic: the massive daily ____9____ of goods, services, and information would proceed in fits and starts; the ____10____ fabric of modern society would begin to unravel.

1. (A) expose   (B) impose
   (C) propose   (D) dispose

2. (A) to   (B) for
   (C) on   (D) in

3. (A) for   (B) though
   (C) if   (D) so

4. (A) appointment   (B) discord
   (C) contrast   (D) agreement

5. (A) as if   (B) as to
   (C) as far as   (D) as well as

6. (A) as ever   (B) later
   (C) than ever   (D) latter

7. (A) If it not for   (B) For if not
   (C) Were it not for   (D) Not for

8. (A) will be   (B) would be
   (C) shall be   (D) should be

9. (A) transmits   (B) translates
   (C) transplants   (D) transports

10. (A) much   (B) little
    (C) even   (D) very

TEST 47 詳解

　　鐵路並不是第一個給社會訂定規律，或使大家注意到精確守時重要性的機構，因為只要商人在破曉時分，將他們的商品擺出，宗教儀式在整點開始，人們與左鄰右舍之間，對於一天的時刻就有大概的共識。今日這項傳統的價值比從前更明顯。如果沒有一個大家都接受的時間標準，社交生活將會混亂到令人無法忍受：每天大量的貨物運輸、各項服務及資訊將會不規律地進行；整個現代社會的組織就會開始瓦解。

** railroad〔'rel,rod〕*n.* 鐵路

institution〔,ɪnstə'tjuʃən〕*n.* 機構

regularity〔,rɛgjə'lærətɪ〕*n.* 規律

precise〔prɪ'saɪs〕*adj.* 精確的　　***as long as*** 只要

merchant〔'mɝtʃənt〕*n.* 商人　　***set out*** 擺出

wares〔wɛrz〕*n., pl.* 商品（= *goods*）

daybreak〔'de,brek〕*n.* 黎明；破曉

religious service 宗教儀式　　***on the hour*** 整點

rough〔rʌf〕*adj.* 概略的　　***the time of day*** 時刻

apparent〔ə'pɛrənt〕*adj.* 明顯的（= *obvious*）

yardstick〔'jɑrd,stɪk〕*n.* 碼尺；（判斷、比較的）標準

unbearably〔ʌn'bɛrəblɪ〕*adv.* 無法忍受地

chaotic〔ke'ɑtɪk〕*adj.* 混亂的

massive〔'mæsɪv〕*adj.* 大量的

proceed〔prə'sid〕*v.* 前進；繼續進行

in fits and starts 一陣一陣地；不規律地

fabric〔'fæbrɪk〕*n.* 織物；結構；組織

unravel〔ʌn'rævl〕*v.* 解開；鬆散

1. (**B**) (A) expose〔ɪk'spoz〕v. 暴露；接觸 < *to* >

        (B) ***impose***〔ɪm'poz〕v. 強加；施行 < *on* >

        (C) propose〔prə'poz〕v. 提議

        (D) dispose〔dɪ'spoz〕v. 處置

2. (**A**) attention 之後，表示「對～的注意」，介系詞用 *to*，選 (A)。

3. (**A**) (A) 因為　(B) 雖然　(C) 如果　(D) 所以

4. (**D**) (A) appointment〔ə'pɔɪntmənt〕n. 約會

        (B) discord〔'dɪskɔrd〕n. 不一致；不合

        (C) contrast〔'kɑntræst〕n. 對照

        (D) ***agreement***〔ə'grimənt〕n. 一致；共識

          in agreement with 與～意見一致；有共識

5. (**B**) (A) as if 好像　　　(B) ***as to*** 關於 (= *concerning*)

        (C) as far as 就～而論　(D) as well as 以及

6. (**C**) ***more～than ever*** 比以前～

7. (**C**) 依句意「如果沒有…」，但實際上有，故此處為「與現在事實相反的假設語氣」，應用 If it were not for～，也可省略 If，而成 ***Were it not for～***，故選 (C)。

8. (**B**) 此處為假設語氣，且與後句助動詞一致，選 (B) ***would be***。

9. (**D**) (A) transmit〔træns'mɪt〕v. 傳送

        (B) translate〔træns'let〕v. 翻譯

        (C) transplant〔'træns‚plænt〕n. 移植

        (D) ***transport***〔'trænsport〕n. 運輸

10. (**D**) 加強名詞語氣的用法，可用 the ***very*** + N，故選 (D)。

TEST 48

Read the following passage, and choose the best answer for each blank from the list below.

The very ___1___ of communications satellite systems has ___2___ widespread concern about their future. Some countries are already using satellites ___3___ domestic communications in place of conventional telephone lines on land. ___4___ this technique is extremely useful for linking widely ___5___ villages in remote or mountainous regions, in heavily built-up areas ___6___ extensive telephone and telegraph systems already exist domestic satellites (or "domsats") are seen by the land-line networks ___7___ unfair competition. ___8___ such opposition, domsats are gaining ___9___ from many businesses and public interest groups in the United States and seem ___10___ be more widely utilized in the future.

1. (A) succeeds   (B) succeed
   (C) successes   (D) success

2. (A) risen   (B) arisen
   (C) raised   (D) arose

3. (A) for   (B) to
   (C) with   (D) by

4. (A) Because   (B) If
   (C) When   (D) Although

5. (A) startled   (B) scattered
   (C) centered   (D) concise

6. (A) when   (B) where
   (C) which   (D) that

7. (A) in   (B) on
   (C) as   (D) with

8. (A) For   (B) Though
   (C) Concerning   (D) Despite

9. (A) objection   (B) protest
   (C) support   (D) prosperity

10. (A) likewise   (B) likely to
    (C) liking for   (D) likely

TEST 48 詳解

　　通訊衛星系統的成功，已經引起了大眾普遍關切它們的未來發展。有些國家已經在使用衛星，作爲國內通訊用途，以取代傳統陸地上的電話線路。雖然這種科技，對於連接偏遠地區及山區非常分散的村莊，十分有用，但在房屋密集地區，廣泛的電話及電報系統早已存在，通訊衛星被這些陸上線路的網路網，視爲是不公平的競爭。儘管有這種反對聲浪，通訊衛星仍然得到美國許多企業及公益團體的支持，也很有可能在未來被更廣泛地利用。

** satellite〔ˈsætḷˌaɪt〕*n.* 衛星
widespread〔ˈwaɪdˌsprɛd〕*adj.* 普遍的
concern〔kənˈsɝn〕*n.* 關切
domestic〔dəˈmɛstɪk〕*adj.* 國內的　　***in place of*** 取代
conventional〔kənˈvɛnʃənḷ〕*adj.* 傳統的
remote〔rɪˈmot〕*adj.* 偏遠的
built-up〔ˈbɪltˈʌp〕*adj.* 蓋滿房子的；房屋密集的
extensive〔ɪkˈstɛnsɪv〕*adj.* 廣泛的
telegraph〔ˈtɛləˌgræf〕*n.* 電報
network〔ˈnɛtˌwɝk〕*n.* 網路網
competition〔ˌkɑmpəˈtɪʃən〕*n.* 競爭
opposition〔ˌɑpəˈzɪʃən〕*n.* 反對；抗議
public interest 公益　　　utilize〔ˈjutḷˌaɪz〕*v.* 利用

1. (**D**) The very + N 爲加強名詞語氣的用法，且「成功」爲不可數名詞，應用單數，故選 (D) *success*。(A)、(B) 用動詞，不合，(C) 指「成功的人」才能用複數，句意亦不合。

2. (**C**) 表示「引起」關切，用及物動詞 raise，選 (C) *raised*。
(A) rise 上升，爲不及物動詞，(B) arise 發生，爲不及物動詞，(D) 爲 arise 的過去式，均不合。

3. (**A**) 依句意，使用衛星「作爲」…用途，介系詞用 *for*，選 (A)。

4. (**D**) (A) 因爲　　(B) 如果　　(C) 當～時　　(D) 雖然

5. (**B**) (A) startled〔'startl̩d〕*adj.* 受驚嚇的
(B) *scattered*〔'skætɚd〕*adj.* 分散的
(C) centered〔'sɛntɚd〕*adj.* 集中的
(D) concise〔kən'saɪs〕*adj.* 簡潔的

6. (**B**) 空格引導形容詞子句，修飾先行詞 heavily built-up areas，且在子句中亦爲地方副詞，故選 (B) *where*。

7. (**C**) *A be seen as B* A 被視爲是 B

8. (**D**) 依句意，「儘管」有人反對，且空格後爲名詞，故應用介系詞，選 (D) *Despite*。(A) 爲了，(C) 有關，句意不合，而 (B) 雖然，爲連接詞，應接子句，文法不合。

9. (**C**) (A) objection〔əb'dʒɛkʃən〕*n.* 反對 < *to* >
(B) protest〔'protɛst〕*n.* 抗議 < *against* >
(C) *support*〔sə'port〕*n.* 支持
(D) prosperity〔pras'pɛrətɪ〕*n.* 繁榮

10. (**B**) *be/seem likely to* + *V* 可能～。(A) likewise〔'laɪk,waɪz〕*adv.* 同樣地，(C) have a liking for 喜歡，句意均不合。

TEST 49

Read the following passage, and choose the best answer for each blank from the list below.

    Russian-born Max Weber grew up in New York, studied art there, and then went back to Europe to familiarize himself ____1____ contemporary artistic developments. ____2____ returning to the United States, Weber worked in the new style he ____3____ in Paris and soon became recognized ____4____ a pioneer of American abstract painting. An example of his work at the National Gallery of Art in Washington, D.C. ____5____ a 1915 painting entitled "Rush Hour, New York." ____6____ abstract, geometrical forms, Weber has expressed the movement, noise, and vibrancy of the great metropolis. The picture ____7____ elements of two European styles: cubism, which shows objects from a number of different angles of vision ____8____, and futurism, which portrays speed and objects in motion. Forceful lines and spiky forms throughout the composition convey the energy and ____9____ of the city. Weber expresses the city's diversity by juxtaposing forms with rounded and angular shapes to suggest specific elements of the urban landscape: skyscrapers, flashing lights, and ____10____ people.

1. (A) by (B) with
   (C) to (D) on

2. (A) To (B) As
   (C) On (D) By

3. (A) discovers
   (B) has discovered
   (C) had discovered
   (D) was discovering

4. (A) in (B) as
   (C) on (D) of

5. (A) to be (B) are
   (C) being (D) is

6. (A) Used (B) Uses
   (C) He used (D) Using

7. (A) blends (B) focuses
   (C) bounds (D) leaves

8. (A) from time to time
   (B) at the same time
   (C) some other time (D) in time

9. (A) vital (B) vitally
   (C) vitality (D) vitalize

10. (A) hurry (B) in a hurry
    (C) hurrying (D) a hurry

TEST 49 詳解

　　出生於俄國的麥克斯‧韋柏，在紐約長大，他先在當地研讀藝術，然後回到歐洲，讓自己熟悉現代藝術的發展。一回到美國，韋柏就開始進行他在巴黎發現的一種新畫風，而且很快地受到認可，被視爲是美國抽象畫的先驅。他的作品範例之一，在華盛頓的國家藝術畫廊展出，是一幅一九一五的畫作，定名爲「紐約的尖峰時間」。韋柏使用抽象的、幾何的圖形，來表現這個大都會地區的動作、喧囂及活躍。這幅畫混合了兩種歐洲畫風的元素：立體派，同時以各種不同的視覺角度，來呈現物體，以及未來派，以動作感來描繪速度和物體。整幅畫的構圖，包含強有力的線條，和長長尖尖的形狀，來傳達這個都市的活力和生命力。韋柏將圓形及有稜角的形狀放在一起，暗示都市景緻中的特定元素：摩天大樓、閃爍的燈光，和形色匆忙的人群，藉此表現紐約的多樣性。

  ** contemporary〔kən'tɛmpə,rɛrɪ〕*adj.* 當代的；現代的
     artistic〔ɑr'tɪstɪk〕*adj.* 藝術的
     recognize〔'rɛkəg,naɪzd〕*v.* 認可；承認
     pioneer〔,paɪə'nɪr〕*n.* 先驅
     abstract〔'æbstrækt〕*adj.* 抽象的
     gallery〔'gælərɪ〕*n.* 藝廊　　entitle〔ɪn'taɪt!〕*v.* 定標題
     geometrical〔,dʒiə'mɛtrɪk!〕*adj.* 幾何學的
     movement〔'muvmənt〕*n.* 動作
     vibrancy〔'vaɪbrənsɪ〕*n.* 振動；活躍
     metropolis〔mə'trɑpl̩ɪs〕*n.* 大都市
     element〔'ɛləmənt〕*n.* 元素；要素
     cubism〔'kjubɪzəm〕*n.* 立體派（以幾何圖形立體表現一切物體）
     angle〔'æŋg!〕*n.* 角度　　vision〔'vɪʒən〕*n.* 視覺

futurism〔'fjutʃə,ɪzəm〕*n.* 未來派 (以動感表現寫實主義)

portray〔por'tre〕*v.* 描繪；表現

forceful〔'forsfəl〕*adj.* 有力的

spiky〔'spaɪkɪ〕*adj.* 長而尖的

composition〔,kɑmpə'zɪʃən〕*n.* 構圖

convey〔kən've〕*v.* 傳達　　diversity〔də'vɜsətɪ〕*n.* 多樣性

juxtapose〔,dʒʌstə'poz〕*v.* 並列

rounded〔'raʊndɪd〕*adj.* 成圓形的

angular〔'æŋgjələ〕*adj.* 有角的

specific〔spɪ'sɪfɪk〕*adj.* 特定的

urban〔'ɜbən〕*adj.* 都市的

landscape〔'lænd,skep〕*n.* 風景

skyscraper〔'skaɪ,skrepə〕*n.* 摩天大樓

flashing〔'flæʃɪŋ〕*adj.* 閃爍的

1. (**B**)　familiarize〔fə'mɪlɪə,raɪz〕*v.* 使熟悉，表示「使某人熟悉
　　　　某事」，要用 *familiarize* sb. *with* sth.，選 (B)。

2. (**C**)　*on* + *V-ing*　表示「一～的時候」，選 (C)。

3. (**C**)　依句意，他在巴黎「發現」了一種新風格，回美國就
　　　　開始「著手進行」，應是先發現，後進行。表示發生在
　　　　過去的兩個動作，先發生的動作，應用過去完成式，
　　　　故選 (C) *had discovered*。

4. (**B**)　他受到認可，「被視爲」是抽象畫的先驅，介系詞應用
　　　　as，選 (B)。

5. (**D**)　An example…Washington, D.C. 為整句話的主詞，且為
　　　　　單數，空格中應填入主要動詞，故選 (D) *is*。

6. (**D**)　前後二子句缺乏連接詞，因此用分詞構句，且依句意，前
　　　　　後子句主詞一致，應省略，故選 (D) *Using*。

7. (**A**)　(A) *blend*〔blɛnd〕*v.* 混合（= *mix*）
　　　　　(B) focus〔'fokəs〕*v.* 集中；專注 < *on* >
　　　　　(C) bound〔baʊnd〕*v.* 跳躍；反彈
　　　　　(D) leave　離開；留下

8. (**B**)　(A) from time to time　偶爾；有時（= *sometimes*）
　　　　　(B) *at the same time*　同時
　　　　　(C) some other time　改天；下次
　　　　　(D) in time　及時

9. (**C**)　(A) vital〔'vaɪtḷ〕*adj.* 有生命的；有活力的
　　　　　(B) vitally〔'vaɪtḷɪ〕*adv.* 致命地；極重要地
　　　　　(C) *vitality*〔vaɪ'tælətɪ〕*n.* 活力；生命力
　　　　　(D) vitalize〔'vaɪtḷˌaɪz〕*v.* 賦予生命力

10. (**C**)　在此應用形容詞形容名詞，故選 (C) *hurrying*，表示
　　　　　「匆忙的」之意。hurry 可做名詞及動詞，詞性不合，
　　　　　(B) in a hurry　匆忙的，不可置於名詞前。

TEST 50

Read the following passage, and choose the best answer for each blank from the list below.

Another aspect of the American college ___1___ is the greater emphasis placed on reading and thinking, and the ___2___ on memorization. The examinations you will be taking ___3___ this. When ___4___, try to grasp the essence of the material ___5___ and review it. Do you understand it? What questions do you have? This should be discussed with your professor and classmates.

You should also remember ___6___ an institution of higher learning offers a veritable ___7___! Each school has its share of brilliant educators. Seek them out and listen to what they have to say, ___8___ don't hesitate to enroll in their classes ___9___ their specialty is not in your ___10___ field.

1. (A) camp   (B) exam
   (C) dorm   (D) experience

2. (A) less   (B) fewer
   (C) lesser   (D) littler

3. (A) reform   (B) refrain
   (C) reflect   (D) refresh

4. (A) study   (B) studying
   (C) he studies   (D) you studying

5. (A) cover   (B) to cover
   (C) covering   (D) being covered

6. (A) what   (B) that
   (C) which   (D) where

7. (A) fallacy   (B) fence
   (C) fault   (D) feast

8. (A) and   (B) but
   (C) if   (D) as

9. (A) even so   (B) as before
   (C) even if   (D) as though

10. (A) coal   (B) cotton
   (C) battle   (D) major

TEST 50 詳解

　　美國大學經驗的另一方面，就是比較強調閱讀和思考，而比較不強調背誦。你即將參加的考試就會反映出這一點。讀書時，試著去了解所涵蓋資料的精髓，並加以複習。你是否全部了解？有什麼問題？這種情況應該和你的教授及同學討論。

　　你也應該記住，較高等的學習機構，提供眞正的學問盛宴！每所大學都有才氣縱橫的教育者。把他們找出來，聽聽他們有什麼要說的，而且不要猶豫去登記選他們的課，即使他們的專長不在你主修的領域內。

**　aspect〔'æspɛkt〕*n.* 方面；觀點
　　emphasis〔'ɛmfəsɪs〕*n.* 強調（= *stress*）
　　place/put/lay emphasis/stress on 強調
　　memorization〔ˌmɛməraɪ'zeʃən〕*n.* 背誦
　　grasp〔græsp〕*v.* 抓住；了解
　　essence〔'ɛsn̩s〕*n.* 精髓　　review〔rɪ'vju〕*v.* 複習
　　institution〔ˌɪnstə'tjuʃən〕*n.* 敎育或社會事業機構
　　（如學校、醫院等）
　　veritable〔'vɛrətəbl̩〕*adj.* 眞正的
　　share〔ʃɛr〕*n.* 部分
　　brilliant〔'brɪljənt〕*adj.* 才氣縱橫的
　　seek out 找出　　enroll〔ɪn'rol〕*v.* 登記
　　specialty〔'spɛʃəltɪ〕*n.* 專長
　　field〔fild〕*n.* 領域

1. (**D**)　依句意選 (D) *experience* 　經驗。(A) camp〔kæmp〕*n.*
露營，(B) 考試，(C) dorm〔dɔrm〕*n.* 宿舍，句意均
不合。

2. (**A**)　根據句意和句型，應是填表「少量」的比較級，與
greater 互相對照，故選 (A) *less*。(B) fewer 不可
修飾不可數名詞 emphasis，(C) lesser「次要的」，
不合句意，(D) littler 用於表外型的小，相當於
smaller，也不合。

3. (**C**)　(A) reform〔rɪ'fɔrm〕*v., n.* 改革
(B) refrain〔rɪ'fren〕*v.* 克制；避免 *<from>*
(C) *reflect*〔rɪ'flɛkt〕*v.* 反映
(D) refresh〔rɪ'frɛʃ〕*v.* 使提神

4. (**B**)　依句意，前後二子句主詞都應是 you，因此副詞子句應為
When *you are* studying，而句意明確的情況下，可省略
主詞和 be 動詞，故本題選 (B) *studying*。

5. (**D**)　根據句意，material 應是「被涵蓋的」，故選 (D) *being
covered*，是由 which is covered 簡化而來。

6. (**B**)　an institution…feast 為一完整的子句，在此應由 *that*
引導，整個做為 remember 的受詞。(A) what 為複合
關代，(C) which 為關代、(D) where 為關副，均不合。

7. (**D**)　(A) fallacy〔ˊfæləsɪ〕*n.* 謬論

　　　(B) fence〔fɛns〕*n.* 籬笆；圍牆

　　　(C) fault〔fɔlt〕*n.* 錯誤

　　　(D) *feast*〔fist〕*n.* 盛宴（在此特指學問方面的盛宴）

8. (**A**)　(A) <u>而且</u>　　　　　(B) 但是

　　　(C) 假如　　　　　(D) 因為；當～的時候

9. (**C**)　(A) 即使如此

　　　(B) 像以前一樣

　　　(C) *even if* 即使

　　　(D) as though 好像（ = *as if*）

10. (**D**)　(A) coal〔kol〕*n.* 煤

　　　(B) cotton〔ˊkɑtṇ〕*n.* 棉花

　　　(C) battle〔ˊbætḷ〕*n.* 戰鬥

　　　(D) *major*〔ˊmedʒɚ〕*n.* 主修

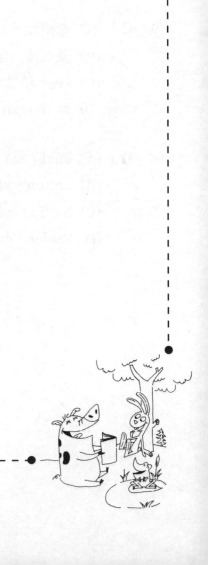

劉毅英文「中高級英檢保證班」

　　高中同學通過「中級檢定」已經沒什麼用了，因為這個證書本來就應該得到。你應該參加「中高級英檢」認證考試，有了這張證書，對你甄試申請入學，有很大的幫助。愈早考完，就顯示你愈優秀。

I. 上課時間：台北本部：A班：每週二晚上7：00～9：00
　　　　　　　　　　　　B班：每週日下午2：00～4：00

　　　　　　台中總部：每週日上午9：30～11：30

II. 上課方式：初試課程→完全比照財團法人語言訓練中心「中高級英檢初試」的題型命題。一回試題包括45題聽力測驗，50題閱讀能力測驗，我們將新編的試題，印成一整本，讓同學閱讀複習方便。老師視情況上課，讓同學做聽力測驗或閱讀測驗，同學不需要交卷，老師立刻講解閱讀能力測驗部份，聽力部份則發放詳解，讓同學回家加強演練，全面提升答題技巧。

　　　　　　複試課程→完全比照全真「中高級複試」命題標準命題，我們將新編的試題，印成一整本，以便複習，老師分析試題，一次一次地訓練，讓同學輕鬆取得認證。

III. 保證辦法：同學只要報一次名，就可以終生上課，考上為止，但必須每年至少考一次「中高級英檢」，憑成績單才可以繼續上課，否則就必須重新報名，才能再上課。報名參加「中高級英檢測驗」，但缺考，則視同沒有報名。

IV. 報名贈書：1.中高級英檢1000字
　　　　　　　2.中高級英語克漏字測驗
　　　　　　　3.中高級英語閱讀測驗
　　　　　　　4.中高級英文法480題
　　　　　　　5.中高級英語聽力檢定
　　　　　　　（書＋CD一套）

V. 上課教材：

VI. 報名地點：台北　台北市許昌街17號6F（火車站前‧壽德大樓）
　　　　　　　　　　TEL：(02)2389-5212
　　　　　　　台中　台中市三民路三段125號7F（李卓澔數學樓上）
　　　　　　　　　　TEL：(04)2221-8861

新一代英語教科書・領先全世界

1. Learning to Speak English Is an Art
   學習說英文是一項藝術

2. What Is "One Breath English Speeches" ?
   什麼是「一口氣英語演講」?

3. How to Save Money
   如何節省金錢

4. My School Life
   我的學校生活

5. What Makes a Good Teacher?
   好老師應具備的特質

6. My Favorite TV Channels
   我最喜歡的電視頻道

7. A Highly Recommended Movie
   極力推薦的電影

8. How to Mend a Broken Friendship
   如何挽救破碎的友誼

9. Prevention Is Better than Cure
   預防重於治療

10. An English Revolution Is Going On
    英語革命正在進行

1. You Can Speak Better than Americans
   你可以說得比美國人好

2. How to Sell Yourself
   如何自我行銷

3. How to Find a Good Job
   如何找到一份好工作

4. How to Enjoy Your Job
   如何樂在工作

5. Learn How to Say No
   學習如何說不

6. How to Lose Weight
   如何減重

7. How to Be Popular
   如何才能受人歡迎

8. How to Make Someone Fall in Love with You
   如何讓別人愛上你

9. How to Get Along with the Elderly
   如何和長輩相處

10. The Importance of White Lies
    善意謊言的重要性

1. I Want You to Copy Me
   我要你模仿我

2. Learn to Make the Right Decision
   學習做正確的決定

3. Carpe Diem: Seize the Day!
   及時行樂:把握時機!

4. How to Live a Colorful Life
   如何豐富人生

5. How to Break Up Peacefully
   如何和平分手

6. How to Get Over Breaking Up
   如何走出失戀

7. How to Be a Good Loser
   如何成為輸得起的人

8. Forgive and Forget
   既往不咎

9. How to Change a Bad Mood
   如何改變壞心情

10. How to Motivate People
    如何激勵別人

學習語言以口說為主・是全世界的趨勢

1. The Importance of E.Q.
   EQ的重要性
2. How to Be a Good Listener
   如何做個好的聆聽者
3. Ups and Downs in Life
   生命中的起伏
4. The Importance of Punctuality
   守時的重要
5. Happiness Lies in Contentment
   知足常樂
6. How to Write a Good
   Composition
   如何寫好作文
7. My Summer Plan
   我的暑假計劃
8. How to Plan a Journey
   如何規劃旅行
9. Table Manners
   餐桌禮儀
10. The Importance of
    Examinations
    考試的重要性

1. How to Be a True Leader
   如何成為一個真正的領導者
2. How to Communicate
   Effectively
   如何有效溝通
3. How to Read Body Language
   如何解讀肢體語言
4. How to Increase Your
   Knowledge
   如何增廣見聞
5. Ask! Ask! Ask!
   問個不停
6. The Benefits of Traveling
   旅行的好處
7. The Importance of Reading
   閱讀的重要
8. The Art of Helping Others
   助人的藝術
9. Teamwork Is the Way to
   Succeed
   團隊合作就是成功之道
10. Never Give Up!
    永不放棄！

1. A Get-together Speech
   聚會演講
2. How to Talk to Foreigners
   如何和外國人交談
3. A Smile Is Worth a
   Million
   微笑無價
4. Humor Works Miracles
   幽默創造奇蹟
5. Live Your Life Well
   好好過生活
6. My Daily Rules to Live by
   我的日常生活守則
7. Have a Big Heart
   要心胸寬大
8. How to Be Considerate
   如何體貼別人
9. School Is Great Training
   for Life
   求學是人生的重要訓練
10. The Four Seasons of Life
    生命的四季

全國最完整的文法書 ☆☆☆

文法寶典

▶ **劉 毅 編著**

　　這是一套想學好英文的人必備的工具書，作者積多年豐富的教學經驗，針對大家所不了解和最容易犯錯的地方，編寫成一套完整的文法書。

　　本書編排方式與眾不同，首先給讀者整體的概念，再詳述文法中的細節部分，內容十分完整。文法說明以圖表爲中心，一目了然，並且務求深入淺出。無論您在考試中或其他書中所遇到的任何不了解的問題，或是您感到最煩惱的文法問題，查閱**文法寶典**均可迎刃而解。例如：哪些副詞可修飾名詞或代名詞？(P.228)；什麼是介副詞？(P.543)；那些名詞可以當副詞用？(P.100)；倒裝句(P.629)、省略句(P.644)等特殊構句，爲什麼倒裝？爲什麼省略？原來的句子是什麼樣子？**在文法寶典**裏都有詳盡的說明。

　　例如，有人學了**觀念錯誤的**「假設法現在式」的公式，

> If ＋現在式動詞……，主詞＋shall（will, may, can）＋原形動詞

只會造：If it rains, I will stay at home.
而不敢造：If you *are* right, I *am* wrong.
　　　　 If I *said* that, I *was* mistaken.
　　　　（If 子句不一定用在假設法，也可表示條件子句的直說法。）

可見如果學文法不求徹底了解，反而成爲學習英文的絆腳石，對於這些易出錯的地方，我們都特別加以說明（詳見 P.356）。

　　文法寶典每冊均附有練習，只要讀完本書、做完練習，您必定信心十足，大幅提高對英文的興趣與實力。

◉ 全套五冊，售價*900*元。市面不售，請直接向本公司購買。

Editorial Staff

- **主編** / 劉　毅

- **校訂** / 蔡琇瑩・謝靜芳・蔡文華・張碧紋
　　　　　石支齊・林銀姿・周岳曇・陳子璇
　　　　　王淑平・黃靜宜

- **校閱** / Laura E. Stewart

- **封面設計** / 白雪嬌

- **版面構成** / 黃淑貞

- **打字** / 黃淑貞・蘇淑玲

中高級英語克漏字測驗

主　　　編 / 劉　毅

發　行　所 / 學習出版有限公司　　　☎ (02) 2704-5525

郵 撥 帳 號 / 0512727-2 學習出版社帳戶

登　記　證 / 局版台業 *2179* 號

印　刷　所 / 裕強彩色印刷有限公司

台 北 門 市 / 台北市許昌街 10 號 2 F　　☎ (02) 2331-4060・2331-9209

台灣總經銷 / 紅螞蟻圖書有限公司　　　☎ (02) 2795-3656

美國總經銷 / Evergreen Book Store　　☎ (818) 2813622

本公司網址　www.learnbook.com.tw

電 子 郵 件　learnbook@learnbook.com.tw

售價：新台幣二百八十元正

2009 年 4 月 1 日新修訂

ISBN 957-519-763-1